달밤군대

전수일 장편소설

청어

달밤군대

전수일 장편소설

발행처 · 도서출판 **청어**
발행인 · 이영철
영　업 · 이동호
홍　보 · 이수빈
기　획 · 천성래 | 이용희
편　집 · 방세화
디자인 · 김희주
제작부장 · 공병한
인　쇄 · 두리터

등　록 · 1999년 5월 3일
(제321-3210000251001999000063호)

1판 1쇄 인쇄 · 2017년 11월 20일
1판 1쇄 발행 · 2017년 11월 30일

주소 · 서울특별시 서초구 효령로55길 45-8
대표전화 · 586-0477
팩시밀리 · 586-0478

홈페이지 · www.chungeobook.com
E-mail · ppi20@hanmail.net
ISBN · 979-11-5860-513-1 (03810)

이 도서의 국립중앙도서관 출판시도서목록(CIP)은 서지정보유통지원시스템 홈페이지
(http://seoji.nl.go.kr)와 국가자료공동목록시스템(http://www.nl.go.kr/kolisnet)에서
이용하실 수 있습니다.(CIP제어번호: CIP2017027040)

달
밤
군
대

작가의 말

사회의 축소판. 제한된 젊음의 자화상이다.

용어 정의가 미흡한 조직 생활을 시간의 거울에 비추어봤다.
되돌리고 싶지 않은 추억의 현실이다.

등장인물에 실명을 썼다.

가명을 써도 어차피 알게 될 것을 염두에 둔 것은 아니다. 사
십 년 전의 일이다. 감정의 파도는 황혼에 사라졌다. 이제 다시
만나 산따이를 할 수도 없다. 모두의 행복을 빈다.

바닷가 옛 초소 자리는 국가가 잘 보관하고 있다. 내무반으로 다시 들어갈 수 없어도 멀리서 바라볼 수는 있다.

사건의 강렬한 전개보다 류시숙의 꿈이 흐르는 한려수도 같은 문장을 쓰고자 했다. 독자들의 가슴에도 달빛 파도가 일기를 바란다.

전수일

차례

달밤군대

신수도

안개 짙은 삼천포의 봄날이다.

밤새 화물선 한 척이 길을 잃고 초소 옆에서 어쩔 줄 몰라 닻
줄을 움켜잡고 바둥거렸다. 크르릉 하며 닻줄내리는 소리가 초
소를 덮칠 듯이 들려왔다.

대원들은 탐조등을 흔들며 화물선에 접근 위험을 경고했지
만 평소에는 십 리를 비추는 탐조등 불빛이 눈앞에서 사라진
다. 크르릉 거리며 닻줄 내리는 소리가 두려움으로 바뀔 즈음
바다에서 선원들의 목소리가 들렸다.

"와- 이제 됐다."

선원들의 기쁨에 찬 함성이 끝나기도 전에 배 옆구리가 초소
앞 바위에 부딪친다.

-쿵. 끄억-

서이동이 아침밥을 지으려 부엌으로 가기 위해 내무반을 나

10

왔을 때 화물선은 초소를 뒤덮고 있었다. 그러나 기울어지지는 않았다. 동이 트면서 안개 사이로 햇빛이 들어온다. 바다와 육지에서 서로를 알아보며 무사함을 확인하고 시야는 조용해졌다.

아침 일곱 시.

총기를 반납한 방위병들이 '충성'을 외치고 웃으며 집으로 돌아간다. 서이동은 돌계단을 내려와 내무반의 대원들에게 '식사준비완료'를 보고 한다. 매복호에서 밤을 새운 대원들이 느리게 몸을 움직인다.

오전 여덟 시부터 오후 한 시까지는 취침 시간이다. 서이동은 설거지를 하지 않고 초소를 나왔다. 담배를 사기 위해서다. 초소 입구를 지키는 누우런 색깔의 경찰견이 서이동이 준 먹이를 먹으며 몸을 낮추고 꼬리를 흔든다.

서이동은 밥쟁이다. 초소에서 제일 졸병이다. 이곳. 대구동 초소에 온 지 한 달이 채 안 된다. 신수도 대구동 초소는 삼천포 달밤중대 2소대 주분초다.

서이동은 산길을 재촉했다. 길이 미끄럽다. 고참들이 잠들기 전에 담배를 사 와야 한다. 마을까지는 일 킬로미터 정도 거리이다. 고참들이 일부러 담배 심부름을 시키지 않았지만 서이동이 자청했다. 담뱃집 딸 때문이다.

서이동은 담뱃집 딸이 어떻게 생겼는지 모른다.

이곳에서 유일한 여고 졸업생이라는 것만 고참들을 통해서 알고 있다. 서이동이 이곳에 발령 받은 후 고참들은 서이동에게 마을 처녀들 이야기를 많이 했다. '서이동이 너도 파트너 하나를 정해야 된다'면서 고참들은 서이동을 을렀다.

고참들은 마을 처녀들을 소개했다. 서이동은 알아듣지 못했지만 누군가를 선택하는 결정을 해야 했다. 고참들이 '난공불락'이라며 아직 아무도 데이트 한 번 못 해 본 처녀가 있다는 말에 서이동은 그 처녀를 파트너로 하겠다고 대답했다. 고참들이 모두 웃었다.

서이동은 난공불락의 성인 담뱃집 막내딸을 공략하기 위해 아침부터 담배를 사러 간다. 내무부에서 지급하는 '충성'이란 담배가 있었지만 대원들은 '거북선'이나 '은하수' 같은 사제담배를 피웠다.

솜털을 찢듯이 안개를 헤치고 서이동은 산길을 걸었다. 산 아래 보이지도 않는 바다에서 파도 소리가 들려온다. 서이동은 콧노래를 불렀다. 미끄럽고 안개 낀 산길이라도 초소 내무반 통로보다는 훨씬 좋다.

달아나듯 사라지는 안개 사이로 서이동은 오른손가락을 꼽아 보았다.

"하나. 둘. 셋. 네엣……"

입대한 지 넉 달이 지났다. 서이동은 다시 한 번 손가락을 꼽아보고 새끼손가락을 흔들었다. '제대'라는 개념은 아직 머리에 떠오르지 않는다.

파도 소리에 실려 친구들의 목소리가 들려온다.

"야, 이동이 너, 이제부터 호(號)를 변함(便函)으로 정한다."

별명이 놀부인 같은 학과 친구가 이동에게 내린 결정이다. 놀부의 성은 연씨다. 흥부의 성도 연씨라고 한다.

이동이 변함이란 호를 받게 된 전날 밤, 두 사람은 놀부네 집 아래채에서 함께 잤다. 주말 공과대학 운동장에서 학과 체육대회를 마친 날이다.

놀부는 방 안쪽에 누웠고 이동은 바깥쪽에 자리 잡았다. 술기운으로 거친 호흡의 영향을 피하기 위해 두 사람은 서로 반대편 벽 쪽으로 몸을 붙였다. 밤은 깊어가고 이동이 두어 번 뒤척이다 뱃속의 가스가 차오름을 느꼈다. 벽을 향하던 정면부를 돌려 엉덩이 부분이 벽을 보도록 자세를 바꿨다. 가스의 확산을 막기 위해 이동이 엉덩이에서 이불을 걷어냈다. 엉덩이를 조금 더 벽 쪽으로 향하여 친구에게 영향이 덜 가도록 이동이 노력했다.

위에서 뭉클거리던 가스 덩어리가 배출구 쪽으로 모여 들었다. 이동이 소리를 죽이기 위해 배출구의 크기를 조절하고 아랫배에 힘을 주었다.

–쿠–아 앙–

벽이 울렸다.

이동의 방귀소리는 생각보다 크게 들렸고 두 사람은 놀라 일어나 마주보고 앉았다. 놀부가 불을 켜고 두리번거렸다.

"난, 집 무너지는 줄 알았다!"

놀부가 두리번거리는 벽에는 기타가 커다란 입을 벌리고 이동의 엉덩이를 향해 서 있었다. '폴 앙카'의 '파파'를 노래하던 기타가 한밤중 방귀소리에 놀라 피크도 없이 비명을 지른 것이다.

그 날 이후 놀부는 이동을 변함이라 불렀다.

"너는 이제부터 '똥' 변(便) 자에 '통' 함(函) 자를 써서 호(號)가 '변함'이다."

자신의 작명에 신이 난 놀부가 이동을 보고 소리쳤다.

"어이, 똥통, 불만 있나?"

산길 내리막에서 이동은 담뱃집을 바라봤다. 오른쪽 둑 아래에서 파도가 자갈밭을 훑고 지나간다. 자갈과 자갈이 부딪치는 소리, 파도가 자갈을 굴리는 소리가 친구들이 속삭이는 것 같다.

서이동은 왼쪽 바지 주머니에 손을 넣어 돈을 확인했다.

'오늘 주문량은 거북선 두 갑이다.'

담뱃집 입구에는 감나무가 휘어져 있다. 본동과 대구동의 두 마을을 가진 신수도는 한 쪽 알갱이가 덜 자란 땅콩 껍질처럼 생겼다. 대구동 마을 입구에 있는 담뱃집은 본동으로 넘어가는 두 갈래 길의 중앙에 자리했다. 왼쪽 길은 숲길로써 가까우나 좁고 험하다. 오른쪽 길은 공동묘지를 지나가지만 넓고 새 길이다.

서이동은 감나무 아래 계단을 올랐다. 계단은 땅을 다 합하여도 여덟 개가 되지 않았다. 인기척을 느낀 할머니가 부엌에서 할아버지를 부른다. 할아버지가 방에서 담배를 챙기는 동안 서이동은 집 안을 둘러봤다. 마루 끝의 작은 방에 눈길이 간다. 할아버지가 건네는 담배 두 갑을 받고 서이동은 천천히 돌아섰다. 마루 끝의 작은 방 문은 열리지 않았다. 할머니가 지켜선 아궁이에서 붉은 열기와 흰 연기가 부엌을 가득 채운다.

다음 날은 비가 내렸다. 서이동은 판초우의를 걸치고 미끄러운 산길을 걸었다. '은하수' 한 갑을 할아버지로부터 받으면서 대청마루를 훔치는 딸을 보았다. 그러나 서이동의 눈에는 담뱃집 딸의 엉덩이만 들어왔다.

난공불락의 성은 열흘도 못 가서 무너졌다.

그 날. 어둠을 물리치기 위해 전등불이 켜진 시간이다. 밤이라 불러야 할 적당할 때. 서이동은 담배 한 갑을 받아들고 담뱃집 딸에게 떠밀려 감나무 아래로 끌려나왔다. 예상치 못한 공격에 서이동은 담뱃집 공주 함락작전의 기선을 제압당했다. 담뱃집 공주의 뭉클한 두 개의 가슴 공격에 서이동은 아무런 방어도 하지 못하고 포로가 되었다. 적군의 뜨거운 호흡에 휩싸인 서이동은 말없이 적군의 얼굴만 쳐다봤다. 적군은 쪽지 한 장을 건네고 재빨리 부엌으로 돌아갔다.

X자형 표시로 접힌 쪽지 한 장을 받아 든 서이동은 초소로 가기 위해 어두운 산길을 걸었다.

-담배 사러 오지 않아도 마음은 이미 받았음. 류시숙-

서이동은 어둠으로 육지와 바다가 구분되지 않는 해안선을 바라보며 고개를 갸우뚱거렸다.

'어떻게 작전이 노출되었을까?'

서이동의 의문은 바로 위 고참이 큰 소리로 알려졌다.

"그거. 방위병들이 죄다 까발려서 그렇지."

그 날 이후 서이동은 난공불락의 성 공격을 작전상 멈추었다.

저녁 점호다. 내무반 옥상에는 석양이 눈부시다. 소대장은 단독군장을 한 대원들에게 소리친다. 언제나 같은 말이지만 마지막으로 다시 한 번 강조한다.

"너희들 인생 망치지 않으려면 신수도에서 가운데 다리 함부로 놀리면 안 돼. 인생은 돌이킬 수 없어."

침이 고인 듯한 목소리지만 소대장의 목에는 힘이 잔뜩 들었다.

"이 동네 강씨들은 모두 간첩이야. 간첩. 다-들 알고 있지?"

절도 있는 대원들의 함성을 듣고 소대장은 내무반 끝 소대장실로 내려간다. '북한군 총좌의 친형님이 여기 살고 있단 말이다'라는 마지막 말은 오늘 침 속에 삼켰다.

서이동은 초소 후반 근무다. 밥쟁이라 많이 배려되었다. 일몰 십 분 전에 투입하여 일출 십 분 후에 철수하는 근무규칙에 따라 대원들은 초소 입구 오르막을 지나 배정된 매복호로 간다.

초소 전반 근무자가 중대본부에 근무자 현황을 보고한다. 소대장이 있는 내무반에 들어가기 껄끄러운지 순경 분대장이 식당에 앉아 있다. 바다에는 석양이 흘러 붉은 강을 이루었다.

초소 전반 근무자가 매복호에 투입된 대원들의 현재 상황을 확인한다. 방위병은 R로 표시된다.

"2조. 현 위치?"

"2조. 도착 완료. 이상 없음."

-사칠-

"2조 수고."

-사칠. 사칠-

질컥질컥하는 워키토키 켜고 끄는 소리와 교신암호 '예'라고 대답하는 '사칠. 사칠'을 외치는 목소리가 쉴 새 없이 초소에 메아리친다. 초소 앞 바다는 하늘보다 어두워졌다.

소대장은 경위이다. 파출소장보다 한 계급 높다. 사각턱을 가진 마흔 후반의 소대장은 자기보다 젊은 중대장의 지시에 자존심 상해한다. 중대장은 경감이다. 소대장에게 존댓말을 쓰지만 소대장은 성에 차지 않는다.

소대장은 진급시험을 앞두고 열심히 공부한다. 식사시간에도 밥쟁이가 소대장실에 밥을 차려준다. 밤을 꼬박 새워 공부하는 소대장은 생라면을 부숴먹으며 진급의지를 불태웠다.

소대장의 집은 마산이다. 주말 비상경계강화시기를 마치면 화요일이나 수요일에 집으로 간다. 돌아오는 시기는 목요일이나 금요일이다. 정해진 일정은 없다. 집에 가지 않는 주간도 있다.

소대장이 불규칙하게 움직여도 대원들의 감시망은 피하지 못 한다. 삼천포에서 신수도로 들어오려면 반드시 도선을 이용해야 하기 때문이다. 소대장은 간혹 혼자서도 도선을 이용했다. 도선은 정기 여객선이 아니다. 개인 동력선을 그 때 그 때 사용한다. 물론 오가는 원칙은 정해져 있다. 일반인들은 도선비를 지불하지만 달밤군 대원들은 공짜다.

소대장은 도선을 이용할 때 아주 고압적이다. 한밤중에도 필요하면 배를 차출한다. 바다를 바라보고 뱃머리에 선 소대장의 사각턱 안에는 언제나 이런 말이 고여 있다.

'신수도 주민들은 몽땅 빨갱이야. 이런 인간들에게 여유를 보이면 안 돼.'

신수도 선착장은 본동에 있다. 근무지에 도착한 소대장은 하루 내내 앉은 다리 책상을 끼고 소대장실에서 공부한다. 생리현상을 해결하기 위해서 밖으로 나올 때 휴식과 순찰을 병행한다.

새벽 2시다. 소대장은 초소내무반 건물보다 높은 암반에 설치된 탐조실로 향했다.

"근무 중 이상- 무."

후반 근무 방위병이 기다렸다는 듯 바다에서 메아리가 일도록 고함치며 경례한다. 탐조실 방 안에서 총을 챙기는 소리가 들린다. 소대장은 다소 미안하고 어색한 표정으로 답례한다.

"수고해. 탐조등은 잘 돌아가?"

방위병의 대답을 뒤로 하고 소대장은 바다를 바라본다. 안개 때문에 앞은 보이지 않고 바위를 때리는 파도 소리만 들린다.

시간에 맞추어 탐조등이 돌아간다. 두 개의 탄소봉이 마주 타면서 내는 불빛이 굴곡진 반사경에서 커다란 빛 덩어리로 변한다. 초하루 달빛에서도 수평선까지 비추던 탐조등 불빛이 오늘은 눈앞에서 서성인다. 쏟아지는 불빛 속에서 바다는 우유를 뿜어내듯 수증기로 커튼을 쳤다. 탐조등을 돌리는 발전기 소리가 파도 소리를 삼킨다. 소대장은 기지개를 켰다. 안개 가득한 한려수도의 밤이다.

고정간첩

개 짖는 소리에 서이동은 총도 없이 초소 입구로 뛰어나갔다.

평상시에는 초소의 개가 짖을 일이 없다. 초소 근처에는 외부인이 오지 않기 때문이다.

초소 입구 오르막 숲길에 세 사람이 서 있다. 한 사람은 여자다. 야무진 용모다. 여자 가까이 있는 남자는 살결이 구릿빛이다. 체격도 좋다.

"무슨 일로 오셨습니까?"

서이동이 소리를 치자 구릿빛 살결의 남자가 흰 반팔 셔츠의 남자를 바라봤다. 흰 반팔 셔츠의 남자는 살결이 희고 미남형이다. 풍채가 부잣집 도련님 같다.

"초소 앞에 친구배가 있어 확인하려 왔어요."

흰 반팔 셔츠의 남자는 점잖게 대답했다. 젊은 남녀와 거리를 두고 마주 선 흰 반팔 셔츠의 남자는 나머지 두 사람 보다 나이가 훨씬 들어 보였다.

"잠깐 기다리십시오. 확인하고 오겠습니다."

서이동이 초소 옥상으로 뛰어 올라 바닷가를 확인하고 다시 초소 입구 개집 앞으로 달려 왔을 때 세 사람은 모두 사라졌다.

서이동은 '아차' 하는 탄성을 내질렀다. 초소 앞은 낚시금지 구역이다. 숲속에서 마주보던 세 사람의 얼굴이 또렷이 나타나고 자신을 보고 비웃는 모습까지 상상되어 서이동은 화가 났다.

내무반은 비었다. 대원들은 아침 구보 겸 본동 초소와 축구 시합하려 본동 초등학교로 갔다. 서이동은 빈 내무반 끝에 앉아 방금 전의 상황을 돌이켜 봤다.

'총은 들지 않아도 검문은 해야지 않았나?'

서이동을 바라보는 세 사람의 표정과 행동이 서이동의 뇌리를 깊게 자극한다.

'어떤 사람들인가?'

서이동은 초점 없는 눈빛으로 내무반 벽을 바라봤다. 벽면은 반대편에 놓인 침구류의 색깔에 반사되어 국방색이다. 문 틈으로 들어오는 배의 동력소리가 고참들의 웃음소리 같다. 머리를 흔들어도 눈앞에는 숲 속 세 사람의 모습이 또렷이 되살아난다.

'젊은 남녀는 연인처럼 보이고, 흰 셔츠의 남자는 마치 학생을 데리고 온 교수님처럼 보여⋯⋯.'

서이동은 눈살을 찌푸렸다.

'이런 아침에 어떻게 여기를 왔을까?'

서이동은 배의 동력소리에 맞추어 생각을 이어 갔다.

'젊은 사람은 체격이 다부져. 훈련 같은 것으로 체력을 다진 사람 같아. 흰 셔츠의 남자는 두 남녀에게 무엇인가 계속 설명하는 것으로 보아 여기. 삼천포 근처를 잘 아는 사람 같기도 하고……'

발걸음 소리에 개가 요란하게 짖는다. 서이동은 고참들의 발걸음 소리도 부러웠다.

신병 김태성이 왔다. 대구동 초소의 새 밥쟁이다. 서이동이 전입한 지 석 달 만이다. 소대장에게 신고를 하고 보릿자루처럼 서 있는 김태성을 서이동은 함박웃음으로 맞이했다. 김태성은 나이도 서이동보다 한 살 적다. 인상도 좋다. 김태성은 진주에서 전문대학을 졸업했다고 한다.

그 날 밤. 서이동은 초소 근무에서 매복호 근무로 바뀌었다. 두 번째 매복호 근무다.

첫 번째 매복호 근무는 전입한 지 사흘 째 밤에 고참병과 함께 매복호에 투입되었다. 초소를 지나 남해 창선도가 바라보이는 자갈밭이었다.

"여기다." 하고 고참병이 걸음을 멈춘 곳에 돌담이 낮게 쌓여 있었다. 고참병이 전화기를 연결하고 선로 이상 유무를 확인

보고하는 동안 서이동은 우두커니 서 있었다. 방한복을 입고 산길을 걸어 온 터라 땀도 나고 숨도 가빴다. 그러나 더 놀라운 것은 매복호였다. 훈련소에서 배운 데로라면 땅을 파서 몸을 숨길 수 있고 공격과 방어를 위하여 적당히 움직일 수 있는 공간이어야 한다. 그런데 서이동의 눈앞에는 돌무더기만 있었다.

"뭐 해. 총 내려놓고 솔가지 좀 잘라."

서이동은 대검을 빼어들고 솔가지를 잘랐다. 정월 대보름달은 숲에 가려 얼굴도 내밀지 못했다.

고참병은 자른 솔가지를 챙겨 돌무더기 안으로 들어가 서이동에게 오라고 손짓했다. 고참병의 명령에 따라 서이동은 몸을 낮춰 돌무더기 속으로 들어갔다. 고참병은 솔가지를 바닥에 깔고 그 위에 숨겨둔 빈 가마니 한 짝을 덮었다.

"이제 판초우의 펴라."

매복호 바닥을 이부자리처럼 만든 고참병은 돌담 밖으로 나가 지붕을 만들었다. 숲속에 숨겨둔 긴 나무막대기로 돌담을 잇고 그 위에 솔가지를 얹었다. 바닷가 쪽으로는 수평선이 보이도록 길게 구멍을 뚫었다.

"이제부터 해안경계근무에 들어간다. 서이동."

소리친 고참병은 바닥에 벌렁 누웠다. 돌무더기 속은 서 있을 수 없고 쪼그려 앉아 있거나 누워있어야 했다. 고참병의 명령으로 서이동도 바닥에 누웠다.

"니는 벚꽃 피기 전까지 콘크리트 매복호 구경하기 힘들

걸……."

고참병은 매복호 상황을 이야기하면서 서이동을 약 올렸다. 콘크리트 매복호는 2개이며 한 개는 탐조실 옆에 있고 또 하나는 대구동 마을 끝 산중턱에 있다고 한다. 고참병이 말하는 얼굴 위로 찬바람과 파도 소리가 몰아친다. 달빛을 반사하는 수평선이 얼음장 같다. 서이동은 등허리의 포근함에 길 가에서 가마니를 깔고 누운 거지들의 웃는 모습이 떠올랐다.

오늘은 조장이다.

조원으로 방위병 고참 한 명을 데리고 간다. 근무지는 공동묘지 매복호다. 서이동은 보릿자루처럼 서 있는 김태성의 인사를 받으며 근무지로 향했다. 방위병은 방한복 바지를 챙겼다. 공동묘지는 고성 쪽 산등성이에 있다.

대구동 담뱃집을 지날 때 주위는 어두워졌다. 오르막길을 앞장 서 걷던 방위병이 서이동에게 근무방법을 말한다.

"서 이경님. 매복호는 축축해서 서 있기 사나우니 공동묘지에서 근무해야 됩니다."

서이동은 방위병의 이야기에 대답하지 못 했다. 서이동의 대답이 없자 방위병은 다시 한 번 공동묘지에서 근무를 서야 한다고 강조한다. 서이동은 말없이 방위병을 따랐다. 설치할 전화기도 없는 매복호의 위치를 서이동은 정확히 모른다.

본동으로 내려가는 가파른 고갯길이 보이는 곳에서 방위병이 걸음을 멈추었다. 자신의 말을 듣지 않는 서이동에게 불만스러운 표정으로 방위병은 공동묘지 아래 길 가에 섰다. 서이동도 따라 섰다. 마을 입구 벚나무가 꽃잎을 날렸지만 공동묘지에는 한 잎도 떨어지지 않았다.

매복호는 보이지 않았다.

"여기서 근무하면 됩니다. 다—들 여기에서 근무합니다."

방위병이 공동묘지 가를 서성이며 서이동을 바라봤다. 서이동은 망설이다 방위병을 다그쳤다.

"그래도 근무지 위치는 알아야지?"

방위병이 턱으로 바닷가를 가리켰다. 매복호는 공동묘지 길 끝 바닷가 절벽에 있었다. 버려진 빈 상자처럼 파여 있다. 어둠 속에서도 매복호의 흙벽이 붉은 색을 드러낸다.

서이동은 매복호로 뛰어내렸다. 매복호 바닥이 미끄럽다. 매복호 앞 벼랑에 풀과 나무가 자라 바다는 보이지 않고 파도 소리만 거칠다.

방위병은 주저하다 서이동을 따라 매복호에 몸을 들여 놨지만 금새 불만을 털어놨다.

"다른 대원들은 다— 위에서 근무하는데……."

서이동은 손전등을 켜 주위를 살폈지만 축축하여 손 짚을 곳이 없다. 손전등 불빛에 놀란 지네 한 마리가 완행열차 지나가듯 눈길을 사로잡는다. 서이동이 방위병을 쳐다봤다. 방위병은 아까보다 밝은 표정으로 서이동을 바라본다. 서이동은 뚜껑 없는 무덤 모양의 매복호를 뛰쳐나왔다.

달도 없는 흐린 밤이다. 매복호를 오가던 서이동은 자정이 지나 공동묘지 중앙으로 들어왔다. 판초우의를 깔고 방위병과 함께 나란히 앉았다. 바다가 하늘보다 밝다.

시간이 어둠을 만들고 피곤할 때 서이동도 총을 베고 누웠다. 생각보다 포근하다. 여러 사람이 함께 누워있어서 그런지 두려움도 생기지 않는다. 모두들 잠이 들었는지 주위는 조용하다. 일출 후 십 분까지 두 사람은 공동묘지에서 해안선을 지켜야 한다.

김태성은 된장찌개와 지짐 만들기를 좋아했다. 간을 잘 맞추어야하는 미역국이나 콩나물국은 끓일 때마다 김태성이 '거-참'을 연발하며 물을 더 부어 맛을 보고 숨을 들이쉬며 휘파람 소리를 냈다. 불만족한 표정의 김태성은 솥에서 넘쳐나는 국을 바라보며 갈등했다.

"이걸 버려야 하나? 먹어야 하나?"

김태성에게 어려운 것은 국 끓이기만이 아니었다. 바닷가 바위틈 샘에서 식수를 날라 오는 것도 성질에 맞지 않았다. 물지게를 지고 이백 미터를 올라야 한다. 김태성은 물이 넘치지 않도록 양손으로 물통을 하나씩 잡고 서이동이 가르쳐 준대로 발걸음에 리듬을 만들었다.

"하나- 둘, 하-나 둘-."

산길이라 물통 높이가 달라 물지게가 등에 걸린다. 심호흡을 하고 다시 발걸음에 리듬을 맞춰본다. 쉬었다 가면 물통의 움직임이 더욱 요사스럽다.

"에이- 씨."

김태성이 물통을 내려놓고 산길에 주저앉았다. 수평선의 배들이 소리 없이 움직인다. 두 어 번 한숨을 급하게 쉬고 김태성은 다시 물지게를 졌다. 물이 넘치지 않도록 양손으로 물통을 하나씩 어르듯 잡고 리듬을 맞춘다. 하루에 두 번 이상 물을 길어야 한다. 바다로 내민 김태성의 엉덩이를 파도가 소리 내어 때린다.

달밤군대는 해마다 봄이 되면 '백일훈련'을 한다. 주 측정과목은 구보와 사격이다.

신병들은 총검술도 새로 배워야 한다. 달밤군대의 개인화기는 M1이다. 그래서 서이동은 구형총검술을 다시 배웠다. 사거리가 길어 저격용으로 알맞다면서 이차대전 때 쓰던 M1소총은 무거웠다.

난생 처음 논산훈련소에서 바람소리 나게 10주 동안 배운 신형 총검술을 갑자기 구형 총검술로 바꾸니 서이동은 총검술 동작 두 가지를 함께 잊어 버렸다. '좌 비켜 찔러'가 '비켜 좌로 찔러'인지 '비켜 우로 찔러'인지 헷갈렸고 '우 비켜 찔러'가 '좌로 비켜 찔러'인지 '우로 비켜 찔러'인지 갈피를 못 잡았다.

구형 총검술은 2년 뒤 개인화기가 M16으로 교체 될 때까지 사용한다고 했다. 그때는 또다시 '비켜 좌로 찔러'가 '우로 비켜 찔러'인지 '좌로 비켜 찔러'인지 헷갈릴 것이다. 서이동은 총검술을 포기했다. 어차피 3년 뒤에는 모두 반납하고 떠날 테니까.

훈련과 측정은 2개조로 나누어 중대본부에서 실시한다. 중대본부는 고성군 하이면에 있다.

서이동은 구보가 힘들었다. 측정 시에는 개인 출발이다. 삼천포에서 고성으로 가는 완행버스의 반대쪽으로 달린다. 주로 삼천포 방향을 선택했다. 논산 훈련소에서 몸무게가 10킬로그램이나 불어난 서이동은 출발 후 2킬로미터까지가 고비였다. 완전군장과 불어난 몸무게 때문인지 무릎에 통증이 왔다. 통증을 참으며 반환점을 돌면 그제야 속도가 났다. 그러나 남들은 벌써 저 멀리 고개를 넘어 보이지도 않는다.

김태성은 초반에 용맹하다. 그러나 후반부에 가면 구보가 산보가 된다. 혼자 뒤처져 돌아오는 길에 길갓집 부엌에 몰래 들어가 물 한 모금 들이키다가 찬장의 고구마와 감자도 훔쳐 먹었다. 김태성은 나중에 이자 붙여 갚아 주겠다며 큰소리 쳤다. 김태성이나 서이동이나 사격은 구보보다 성적이 좋았다.

이제 백일훈련 마지막 측정이다.

도선장은 배에 오르는 대원들을 말없이 바라보고 있다. 경찰은 도선비가 없다.

철모와 총을 갑판에 나란히 올려놓고 대원들은 바다를 보고 앉았다. 서이동은 총과 군장을 지키기 위해 갑판 중간에 비스듬히 걸터앉았다.

도선은 평범한 고깃배로써 크지 않다. 운항 중에는 갑판을 오가기가 위험하다. 승객들은 배가 움직이면 갑판 주위에 걸터앉거나 선장실 벽에 기대어 선다. 사람들은 모두 말없이 하늘과 바다를 바라본다. 뱃머리는 다가오는 육지의 모습이 다가와서 기분 좋고 뱃고물은 길게 사라지는 물보라의 자국이 가슴을 잡아끈다.

서이동은 장비를 챙기느라 마을 사람들이 얼마나 탔는지 보지 못했다. 도선이 신수도 어귀를 벗어나 삼천포 부두를 향해 일직선으로 뱃머리를 틀 때 갑판의 총을 만지는 사람이 있었다. 서이동이 반쯤 일어서서 경계의 반응을 보이자 그 사람은 미소를 지으며 손을 거두었다.

미소를 지으며 총에서 손을 거둔 그 사람 -흰 반팔 셔츠에 미남형의 남자- 서이동은 숨을 죽이고 눈을 번쩍였다. 얼마 전 초소 입구 산길에서 본 그 사람이다. 흰 반팔 셔츠에 하얀 피부도 그대로다. 서이동은 내심 미소가 나왔다.

'오늘은 분명하게 저 사람을 검문할 것이다.'

서이동은 총을 매만지며 그 사람에게 눈길을 끊지 않았다.

신수도의 잔상이 사라질 즈음 삼천포 부두가 부딪칠 듯 다가온다. 연통에서 압축된 소리가 튀어 올라 하늘을 때리고 선착장에 안착하기 위한 도선의 스크루가 강한 와류를 만들며 내는 소리가 귀를 휘어잡는다. 압축된 연통에서 도넛 같은 연기가 연거푸 튀어 오르자 도선장이 부둣가 벅수를 향하여 밧줄을 내던진다. 순서를 기다린 승객들은 긴장된 밧줄을 따라 부둣가로 나온다.

서이동은 흰 반팔셔츠의 남자를 놓치지 않기 위해 재빨리 몸을 움직였다. 그 남자는 줄의 두 번째다. 민간인들이 앞장서고 대원들은 뒤로 쳐졌다. 민간인의 숫자는 여덟 명이다. 서이동이 소총의 멜빵을 당겨 잡고 네 번째 순서로 민간인의 줄에 끼어들려고 몸을 들이미는 순간 고참들의 목소리가 배를 흔들었다.

"어이. 서이동. 내 총. 이쪽으로 밀어라."

"내 총도 좀 챙겨라."

서이동은 고참병들의 총을 앗아 주고 뒤따라 내렸다. 그 남자는 선착장 끝의 개찰구 근처에 다다랐다. 뛰어가면 잡을 수 있는 거리지만 서이동은 재빠르게 뛸 수 없었다. 고참병의 인원 확인과 대오정렬이 이루어졌다.

그 남자는 서이동의 시야에서 아직 사라지지 않았다. 서이동은 이 사실을 고참병에게 알릴까 망설이다 그 남자가 개찰구 옆 건물로 들어가는 것을 보고 그만 두었다. 서이동이 대오의 마지막에서 벗어나 그 남자가 사라진 자리에 섰다. 그 남자가 들어간 건물은 약국이었다. 흰 셔츠의 뒷모습이 유리창을 통하여 서이동의 시야에 들어왔다.

-통일약국-

서이동은 움직일 수 없는 증거라도 잡은 듯 회심의 미소를 지었다. 아침을 만든 태양이 바다에서 육지로 이동한다. 서이동은 주위를 둘러 봤다. 줄지어 움직이는 대원들의 오른편 노산공원에서 키 큰 소나무가 안개를 뿌리친다.

통영호 사건

비상이다.

오전 취침시간에 전 대원이 초소 옥상에 단독군장으로 집합했다. 서이동과 김태성은 무감각하게 소대장의 말을 들었다. 두 사람은 졸병이라 언제나 긴장하였기에 비상상황이라고 별다른 느낌도 없다.

소대장은 입가의 거품을 숨기지 않고 눈을 부라렸다. 납치된 충무어업지도선 통영호 선원의 생사보다 침투선의 간첩이 우리 관내. 자신의 소대 관내-신수도와 남일대 해수욕장 근처-에 들어와서는 안 된다는 말투다. 만약 간첩선이 자신의 관내로 침입하면 대원들은 죽음을 무릅쓰고 간첩선을 해안선에서 격퇴시켜야 한다고 몇 번이나 강조했다.

소대원들은 간첩선이 어떻게 침투하여 어떠한 활동을 하고 어디로 갔는지는 소대장 입에서 듣지 못했다. 어쨌든 충무시

어업지도선 한 척이 사량도 근처에서 간첩선에 의해 납치되었다는 것이다. 성대 뼈가 유난히 튀어나온 소대장은 입속에 모인 침과 함께 정말 하고 싶은 말은 꿀꺽 삼켰다. -우리 관내로 간첩이 침투하면 생라면 먹으며 밤새워 공부한 나의 진급 목표는 끝이다. 알겠지- 소대장은 처연한 눈빛으로 대원들을 쳐다봤다. 대원들은 망부석처럼 초점 없는 눈길을 바다로 보낸다.

그 날 밤. 대한민국 해군은 공해로 통하는 사량도 앞 바다를 막고 조명탄을 쏘아 올렸다. 사량도 앞 바다에서 오른쪽으로 가면 신수도를 지나서 남해대교로 빠진다. 왼쪽으로 가면 고성 앞바다를 지나 충무대교와 거제대교를 통과한다.

해군작전사령관은 간첩선이 비좁은 다리 사이로 도망가지 않고 당연히 사량도 쪽에서 공해상으로 탈출할 것이라고 확신했다. 그래서 대한민국 전체 대학교의 축제 때 쏘아 올리는 불꽃보다 많은 조명탄을 사량도 앞바다에 터뜨렸다. 한려수도의 해안선은 불야성을 이루었다. 밤낚시꾼들은 랜턴도 없이 갯바위에서 낚싯줄을 드리우고 조명탄의 불꽃에 맞추어 함성을 질렀다.

"야- 도다리다. 크다-."

비상 이튿날이다.

대원들은 야간 근무투입을 위하여 다시 초소 내무반 옥상에 집합했다. 소대장은 여전히 눈을 부라렸지만 어제만큼 침을 튀기지는 않다. 어업지도선은 발견했지만 선원 한 명이 납치되었다는 소식과 함께 아직까지 간첩선의 행방을 알 수 없으니 대원들은 애국심을 최고조로 발휘하여 간첩선이 해안선을 침투하는 일이 없도록 해야 한다는 소대장의 명령이다.

"충성!" 하는 분대장의 고함을 듣고 대원들은 돌아서서 하품을 했다. 그 날 밤도 사량도 근해는 조명탄의 불꽃으로 불야성을 이루었다. 소대장의 지시로 밤 여덟시 이후 출입통제와 등화관제가 시행된 신수도 주민들은 한려수도의 불꽃놀이를 볼 수 없었다. 그 날 밤 불꽃놀이는 일찍 끝났다.

비상근무 사흘째다.

소대장은 오전에 대원들을 집합시켰다. 초소 내무반 옥상에서 바라보는 바다는 눈이 부시도록 푸르고 하늘은 바다를 펼쳐 놓은 듯 수평선이 곧고 끝이 없다.

소대장은 비상근무를 해제한다고 말하면서 침을 튀기지 않고 목의 물렁뼈도 드러내지 않았다. 대원들은 사라진 오전 취침 시간을 오후 취침시간으로 대체해도 되는지 알 수 없어 총을 끌며 내무반으로 내려갔다.

갑자기 나타났다 사라진 간첩선에 대한 소문은 방위병들이 근무하러 오는 저녁때 이야기꽃을 피웠다.

-간첩선은 남해대교 밑으로 빠져나갔는데 사량도 앞바다에서 대포를 쏘고 난리를 쳐?-

-어업지도선 선원을 왜 한 명만 잡아갔을까?-

서이동은 근무지로 함께 가는 빈총을 어깨에 멘 조원 방위병을 바라보았다. 나이가 서이동보다 네 살이나 많다. 초소 근무한 지가 삼 년이 넘었다. 방위병의 얼굴을 물끄러미 쳐다본 서이동은 불쌍하다는 생각이 들었다.

초소 방위병들은 365개의 근무일을 채운다. 하루저녁 근무하면 근무카드에 붉은 확인 도장 하나가 찍힌다. 그렇게 365개를 받으면 제대한다. 이론상으로 2년이면 제대한다. 그러나 신수도는 섬이다. 태풍이 불어 배가 뜨지 못하면 근무하고 싶어도 못한다. 하루를 쉬어야 한다. 하루를 쉰다고 다음 날 바로 근무할 수도 없다. 격일제로 근무하는 자신의 근무일에 출근해야 한다.

초소의 방위병은 총을 들고 12시간을 근무한다. 그러면 일일근무가 완성된다. 그러나 일일근무는 여덟 시간을 인정받는다. 그런데 똑같은 시간을 근무하고 12시간을 인정받는 곳이 있다. 12시간이면 근무규정상 하루 반이 인정된다. 똑같은 시간을 보내고 사흘에 하루를 더 버는 특권 계산법이다. 그곳은 무기고라는 창고가 있는 예비군 중대본부다. 면사무소 뒤편에 있다.

대한민국 육군 인사사령관은 육지와 바다가 다 같이 평평한 지도만 보고 방위병 근무일수를 결정하고 소리쳤을 것이다.

"군인은 총이 곧 생명이야."

서산 노을이 어둠을 끌어들인다. 서이동을 따르는 방위병의 빈총에서 덜커덕 소리가 난다. 바다에는 모를 심은 유월의 논처럼 양식장과 어장망의 부표가 줄지어 섰다. 서이동은 바다를 내려다보며 의문을 품었다.

'저렇게 줄이 쳐진 바다를 내달리려면 이곳 사정을 잘 알아야 한다.'

서이동은 이마를 늘려 눈을 가늘게 만들었다. 바다는 검은색으로 출렁인다.

'통영호를 납치한 간첩선에는 분명 이곳 지리를 잘 아는 사람이 탔다.'

서이동은 자신의 생각을 확신했다. 산길이 어두워 방위병이 랜턴을 켠다. 오늘 근무지는 공동묘지 못가서 바닷가다.

담뱃집의 류시숙이 보낸 편지가 삼천포 우체국을 거쳐 다시 신수도 대구동 초소로 배달되었다. 서이동이 담배 사러 가지 않은 지 열흘 만이다. 편지에는 신수도의 아름다움을 조목조목 그려 넣었지만 언젠가는 떠나야 할 고향이라고 적었다. 석 장의 편지지 행간이 끝날 때까지 '보고 싶다'는 말은 적지 않았다.

서이동은 웃음이 나왔다. 그리고 류시숙의 화나고 부끄러워하는 모습도 그려졌다. 몸과 마음이 홍당무가 된 사랑의 적군을 어떻게 처리할 것인가? 서이동은 턱을 쓰다듬었다.

편지를 받고도 서이동은 사흘을 참았다. 산모퉁이 작은 밭의 보리가 익어 몸을 가누지 못하여 쓰러지고 보릿대가 석양에 빛나는 저녁. 서이동은 담배 한 갑을 사기 위해 대구동 마을로 내려갔다.

"담배 한 갑 주십시오."

서이동의 주문에 저녁을 준비하던 류시숙이 얼른 담배를 챙겨 서이동에게 냅다 던졌다. 서이동의 얼굴을 향해 힘껏 팔매질을 했다.

"에잇. 오지 마."

서이동은 그런 류시숙을 달려가서 안아주고 싶었다. 류시숙은 부엌으로 갈까 하다 자신의 방으로 들어갔다. 문 닫히는 소리가 자존심의 벽이 부서지는 소리처럼 들렸다. 서이동은 두어 번 헛기침을 하고 담뱃집을 벗어났다. 사랑의 적군이 너무 자책하다 돌발적인 사고라도 나면 전쟁의 의미가 없어질 것 같아 서이동은 삼천포 우체국으로 가는 편지를 적었다. 그러나 '보고 싶다'라는 말은 넣지 않았다.

뱀꽃이 피었다. 논 언덕 돌 사이에 머리 크기만큼 뭉쳐있다. 가까이 가지 않아도 뱀꽃의 역한 냄새가 느껴지는 것 같다. 서이동은 목을 추켜세우며 입술을 씰룩거렸다. 뱀꽃 옆에는 뱀이 있다. 어릴 적 논두렁을 지날 때 뱀꽃이 있으면 무서워서 조심조심 발걸음을 옮겼다.

논물에 등대불이 반짝인다. 서이동은 마을 위쪽 근무지 매복호 옥상으로 올랐다. 오늘 근무지는 콘크리트 매복호다. 매복호 안은 습기 차고 어두워서 답답하다. 시야도 제한적이라 뒤에서 움직이는 물체를 확인하기 어렵다. 그래서 대원들은 한겨울을 빼고 대부분 매복호 옥상에서 밤을 보낸다. 서이동은 심호흡을 했다. 방위병이 가져온 판초우의 위에 방한복을 깐다. 유월이라도 밤공기는 차다. 새벽까지 이슬을 맞으면 걸음 걷기가 불편할 정도로 무릎이 무겁다.

이 매복호에는 유월이 되면 손님이 온다. 그 손님을 대원들은 '애국자'라 불렀다. 유월이 되지 않아도 날씨가 따뜻하면 그는 매복호에 나타났다. 말로만 듣던 '애국자'를 서이동은 오늘처음 본다. 매복호에 가까이 온 그는 근무자를 확인하고 담배를 피워 물었다.

"고생 많아요."

서이동에게 말을 건넨 그는 매복호 옥상에 오르지 않고 교통호 끝에 쪼그려 앉았다. 서이동이 망설이자 방위병이 농담 투의 인사말을 건넨다. 담배 연기를 길게 바다로 뿜어 낸 애국자가 입을 열었다.

"그 날 밤에. 내가……."

그 날 밤에로 이야기를 시작하는 애국자는 방위병 또래의 청년이었고 몸집은 서이동 보다 크게 보였다.

애국자 청년이 말하는 '그 날 밤'의 그 날 밤 이야기다.

－신수도에 간첩이 침투한다는 정보를 입수한 그 날－

크리스마스트리의 불방울이 아직 꺼지지 않은 밤이다.

삼천포 경찰서 전 직원은 총을 들고 신수도 대구동 바닷가에 집결했다. 간첩선이 주민들과 접선할 것이라고 한 장소는 마을 끝 고성 방향 바닷가다. 그 바닷가에는 몽돌이 50여 미터 깔려있다. 경찰서장은 전 직원에게 사격요령을 몇 번이나 주지시켰다.

"간첩선이 육지에 다다르고 승선원이 배에서 내릴 때 사격할 것."

몽돌이 깔린 짧은 바닷가를 이백 명의 경찰들이 에워쌌다. 양쪽 산 속에 배치된 경찰들은 몸을 숨겼지만 마을로 통하는 바닷가 언덕길의 사수들은 머리통이 불안했다.

"사격명령이 내릴 때까지 기다려라. 알겠지."

경찰서장은 다시 한 번 다짐 겸 명령을 하달했다.

밤 11시 30분. 어선보다 선수가 낮고 길이가 긴 배는 해안선으로 접근하지 않았다. 잠복 중인 경찰들의 한숨소리가 간간이 파도 소리보다 크게 바람에 날렸다.

밤 12시.

기다리고 기다리던 간첩선이 서서히 나타났다. 경찰들의 빠른 심장소리를 들었는지 간첩선은 닻을 내리지 않고 굴곡진 해안선 중앙에서 빙빙 돌며 시간을 보낸다.

경찰들의 호흡과 맥박은 점점 빨라졌다.

사격명령을 눈이 빠지게 기다리던 언덕길의 젊은 경찰이 몸을 부르르 떨었다. 그 젊은 경찰은 결혼한 지 석 달째다. 분홍색 커튼이 쳐진 방에서 자신의 저녁밥을 차려놓고 기다리는 아내가 눈에 어른거린다. 아내의 허벅지가 몽돌 해안가에 겹쳐 나타난다.

서성이던 간첩선이 물보라도 없이 해안선을 향해 움직인다. 젊은 경찰은 다시 몸을 부르르 떨었다. 순간 자신도 모르게 따뜻한 액체가 사타구니를 적신다. 젊은 경찰은 나지막이 소리를 질렀다.

"아-."

간첩선의 승무원이 이 소리를 들었는지 이물이 반대로 돌아간다. 젊은 경찰은 큰 소리를 지르고 벌떡 일어섰다.

-탕. 탕탕-

간첩선의 요란한 동력소리가 밤공기를 가르고 해안선은 굉음으로 팽창한다. 화약연기와 냄새가 가득한 포구를 빠져나간 간첩선의 물보라가 허옇게 눈앞을 채울 때 경찰서장은 화를 참지 못해 가슴을 쳤다.

"이 바보 같은 자식!"

물보라의 거품이 꺼져 바다가 검청색으로 바뀌자 경찰서장은 품위 있는 눈동자로 신혼의 젊은 부하에게 한마디 더 뱉었다.

"이 개자식."

경찰서장은 움직일 수 없었다. 이 밤만 지새우면. 눈앞의 간첩선만 침몰시키면 자신의 어깨에 경무관. 치안감 계급의 말똥 같은 무궁화가 꽃필 것인데……

달아나버린 화려한 미래에 대한 아쉬움으로 경찰서장이 비틀거릴 때 간첩선은 맹렬히 달려 대구동 반대편 절벽 해안에 내려 마을의 한 사람을 싣고 북으로 올라갔다.

그 날 밤. 북으로 떠난 사람은 애국자의 아버지다.

애초 계획은 세 사람이 월북하기로 약속했다. 실행에서 빠진 두 사람은 북쪽 접선 책임자인 강 총좌의 친척들이다. 그 날 밤의 작전을 지휘한 강 총좌의 형님과 사촌동생이다. 애국자의 어머니도 강씨다. 강 총좌와는 육촌간이다.

그 날 이후 애국자는 일 년간이나 방에서 나오지 않았다. 이불을 둘러쓰고 라디오만 들었다. 또다시 크리스마스의 트리가 교회 종소리와 함께 번쩍일 때 애국자는 어머니의 끈질긴 호통에 방구석에서 일어났다. 아버지가 사라진 후 어머니가 운영하는 간이주점을 멍하니 바라보다 애국자는 바닷가로 나갔다.

일 년 전 간첩선이 머물렀던 바닷가 몽돌을 밟고 애국자는 담배를 꺼내 물었다. 처음 피우는 담배. 조심스럽게 연기를 삼켜도 가슴에 충격이 온다. 자극이 없도록 애국자는 붕어 입처럼 담배를 뻐끔거렸다. 밤바람이 차다. 애국자는 몸을 떨며 동네를 한 바퀴 돌았다.

다음 날 밤에 애국자는 소주도 한 병 들고 나왔다. 겨울 해풍을 데우는 술기운과 가슴을 태우는 담배연기로 세 계절을 보낸 애국자는 바닷가 몽돌 위에 쓰러졌다. 폐결핵 진단을 받은 그는 다시 방구석에 틀어 박혔다.

"그 날 밤에 내가 삼천포까지 헤엄을 쳐서 경찰서에 신고했어."

애국자는 잠시 말을 끊고 서이동의 반응을 보더니 다음 말을 이었다.

"고향을 지키기 위해서……."

애국자의 말에 서이동은 뇌 활동이 멈추는 것 같았다.

'삼천포까지 헤엄을 쳐?'

애국자는 크게 웃으면서 이야기를 마무리했다.

"그 졸병 놈이 총 싸랬더니 오줌을 싸 가지고……."

애국자의 웃음소리가 커다란 화물선의 뱃고동 소리보다 더 크게 밤하늘에 울린다. 마을 사람들은 그를 미친놈이라고 했지만 초소 대원들은 그를 '애국자'라 불렀다. 그는 경찰서의 요시찰인으로 등재되어 있지도 않다. 밤하늘에는 파도도 없이 은하수가 흐른다.

산따이

술. 노래. 여자. 이 세 가지를 삼천포 사람들은 '산따이'라고
했다.

일본사람들의 '산다이'가 바다를 건너와서 '산따이'로 변했다
고 한다. 고참들은 그렇게 믿고 있었다. 그러나 거문도에서 시
집 온 할머니의 말은 달랐다. 할머니가 시집온 지 60년이 된
다. 할머니는 혼자 산다. 사라호 태풍 때 배 타는 남편을 잃고
본동 공동 우물가 모퉁이에 집이 있다. 두 아들은 모두 뭍으로
나가 산다. 하나 있는 딸은 배 타는 사람과 결혼했다. "뱃놈은
안 된다"고 그렇게 말했지만 딸년은 결혼식도 않고 뱃놈을 따
라 부산으로 달아났다.

거문도 할머니는 곰방대로 두 손바닥을 붙여놓은 것보다 더
큰 놋쇠재떨이를 두드리며 말한다.

"뭐든지 기본이 튼튼해야 발전이 있어."

할머니는 담배 한 모금을 길게 빨아들이고 한참 만에 다음 말을 내뱉는다.

"바다는 기본이 흔들려 그러나 땅은 흔들리지 않아."

할머니는 곰방대를 엎어 세차게 놋쇠재떨이를 두드리며 말했다.

"땅은 노력을 쌓을 수 있어. 사람도 똑같아……."

할머니는 곰방대를 손으로 다듬으며 초점 없는 눈빛으로 바다를 내다본다.

서이동이 우물 옆을 지나가면 할머니는 손짓하며 소리쳤다.

"총각. 물이나 한잔 먹고 가."

할머니는 서이동을 뚫어지게 쳐다보며 중얼거린다.

"꼭. 우리 영감 닮았어……."

그 날도 서이동은 할머니에게 붙잡혔다. 전화선 점검 및 연결 작업을 하다 본동 우물가 상점에서 냉장고 속의 복숭아 통조림을 사 먹고 난 뒤이다. 할머니는 서이동을 불러 앉혀 마당가의 자두를 따 주며 '산따이'에 대한 이야기를 풀어놨다.

"그러니까. 내가 태어나기 한 이십 년 전에 영국군이 거문도에 왔어."

할머니는 곰방대를 잡지 않은 손의 손가락을 차례로 접어보드니 서이동을 쳐다보며 물었다.

"일요일이 영어로 '썬데이'가 맞아?"

서이동이 '맞다'고 대답하자 할머니는 담배연기 속에 추억을 뿜어낸다.

"그러니까. 영국군들이 일요일에는 일하지 않고 놀았다고 그래."

할머니는 놋쇠재떨이를 세차게 두드렸다. 곰방대에 맞은 놋쇠재떨이의 열기가 할머니의 얼굴에 튀어 오른다.

"일요일이 되면 영국군은 노래를 부르고, 춤추고 그러면서 놀았대."

할머니의 이야기를 다 듣지 않아도 서이동은 '산따이'의 유래에 가름이 갔다.

-영국군의 일요일인 선데이가 혀 짧은 일본인들이 '산다이'라 발음했고 이를 조선 사람들이 고춧가루를 묻혀 '산따이'라고 부른 것이리라.-

할머니는 문 밖의 바다를 바라보며 이야기를 마무리했다

"영국 사람들은 일요일 마다 술 먹고, 노래하고, 춤춰도 서로 싸우지 않고 약속된 시간에 잔치를 마치고 제자리로 돌아갔대……."

할머니가 따준 자두를 다 먹지 못한 서이동은 남은 자두 한 개를 들고 우물가로 나왔다. 이글거리는 태양 아래 바다가 하늘같은 색깔을 내보이며 섬을 휘감는다. 마루 끝의 할머니는 초점 없는 눈빛으로 바다를 바라본다.

주 중에 소대장이 집으로 간 날. 산따이가 이루어졌다. 보안 유지가 최우선인 남녀 모임에 초소를 선택했다. 마을과 충분히 떨어져 있고 참가자의 이동과 확산이 용이한 곳으로 대구동에는 그만한 곳이 없었다.

석양의 나무그늘 사이로 출근하는 방위병들이 본동에서 막걸리 통을 메고 날랐다. 내무반의 총기는 분대장실로 옮기고 필요한 식기류 -술잔 .술안주. 잔과 젓가락 등- 준비는 서이동과 김태성에게 지시가 내려졌다. 서이동과 김태성은 고참들의 능란한 행동에 소리 없이 감탄했다.

어둠이 나뭇잎과 나뭇가지를 충분히 구분할 수 없도록 만들 때 아가씨들이 입장했다. 서이동과 태성은 고참들의 능력에 또 한 번 감탄했고 입대 후 처음 보는 처녀들의 모습에 두 다리가 흔들거렸다.

조합장과 함께 등장한 처녀의 숫자는 모두 여섯 명이었다. 처녀단체의 대표를 고참들은 '조합장'이라 불렀다. 처녀 조합장의 줄인 말이라고 하며 조합장의 권위는 정해져 있지 않지만 처녀들에게는 초소의 분대장 같으며 초소 대원들 간의 인수인계 품목이라고 했다. 방위병들은 모두 탐조실에 대기시켰다. 물론 탐조등도 제 시간에 정확히 돌려야 한다.

산따이의 막이 올랐다.

달빛은 1/2 월광을 반사하는 상현달이다. 간첩선 침투가 용이하다는 1/4 월광보다는 밝다. 등화관제가 이루어진 내무반에는 스며든 달빛이 국방색을 더욱 푸르게 한다.

분대장의 간단한 개회사가 있고 막걸리 잔이 채워졌다. 아가씨들의 눈빛이 들판의 손전등처럼 빛난다. 밥쟁이 김태성은 술 한 잔을 먹고 식당으로 돌아갔다. 아직 산따이의 정규회원으로 인정받지 못했다.

첫 노래는 초소 대원의 몫이었다. 분대장과 최고참이 서로 양보하며 시간을 끌자 조합장의 '권유가'가 분위기를 띄웠다.

"하-면 하-고 말면 말-지 와- 이리 쪼를 빼노- 부를 곡은 자유 곡인데 18번을 불러 주세요."

조합장의 노래에 후렴구가 일사불란하게 터져 나왔다. 아가씨들이 일제히 젓가락으로 상을 두드리며 목청을 높였다.

"짠-짜라 짠짠."

조합장의 '권유가' 제창에도 머뭇대는 분대장을 보며 다시 한번 조합장의 목청이 실내를 압도한다.

"부-를 곡-은 자유곡인데- 씨팔 번을 불러주세요."

조합장은 18번에 악센트를 강하게 넣었다. 다시 후렴구를 합창한 아가씨들이 박수를 치며 크게 웃었다. 서이동의 자리는 내무반 출입구 옆이다. 김태성이 날라온 빈대떡은 즉각 서이동의 손을 거쳐 상 위에 펼쳐졌다.

분대장이 폼 나게 숟가락을 마이크처럼 잡고 일어서서 한 곡 뽑았다. 나약하게 생긴 모습보다 노래는 구성지게 흘러 나왔다. 노래를 마친 분대장이 막걸리 잔을 높이 들고 조합장을 쳐다봤다. '이제 네 노래 차례다'라고 눈짓하는 것이다.

조합장이 몸을 훔치더니 소리를 질렀다. 최신 유행 가요다. 노래에 맞추어 젓가락을 두드리는 조합장의 손놀림이 경쾌하다. 조합원들도 함께 젓가락으로 박자를 맞춘다.

-닥다락다 따락 따닥 닥다락다 따락 따닥-

아가씨 조합원들이 신나게 두드리는 상은 소대장의 앉은뱅이 공부 책상이다. 내무반 골목에 식당의 긴 나무의자를 놓고 앉은 대원들도 젓가락을 두드리며 박자를 맞추었다.

다음 차례를 기다리는 고참이 입을 뾰족이며 호흡을 조절하고 있다. 호흡을 조절한 고참이 조합장의 노래가 끝나자 맹렬하게 한 곡을 발사한다. 신병훈련기간 중대본부 내무반에서 많이 듣던 트로트곡이다.

고참의 노래가 끝나고 바턴을 이어받은 조합원이 거침없이 목소리를 높인다. 최신 유행 가요다. 다함께 내무반이 들썩일 정도로 소리친다. 대화는 필요 없다. 오직 노래로만 말한다. 노래 사이사이 조합장의 고무가가 배를 잡는다.

"조-ㅎ 타, 조-ㅈ 타고 불알만 남았다."

깔깔대며 웃는 웃음이나 폭발하는 웃음이나 파도 소리보다 높고 빠르다. 둘러앉은 청춘남녀들은 노래에 취하여 술에 취할 시간이 없다.

-딱다락닥 따락따락, 딱다락닥 따락따락-

젓가락 반주에 뽕짝의 멜로디가 밤이 타는 줄도 모르게 한려수도에 흘러넘친다. 흥에 겨워 팔이라도 흔들고 싶지만 장소가 좁아 일어설 수가 없다. 조합원들은 계급별로 정리된 관물대에 등을 붙이고 몸을 비비는 게 춤이다. 맞은편의 대원들은 긴 나무의자에 붙은 엉덩이를 떼었다 붙였다 하며 율동을 한다.

한여름 소나기 같이 쏟아지는 아가씨들의 노래에 대원들은 숨이 가빴다. 첫 곡을 무사히 넘긴 서이동이 두 번째 차례에서 용감하게 일어나 목을 비틀었다.

"광막한- 광야를-."

갑자기 주위가 조용해졌다. 서이동이 입을 벌리면서 고참의 얼굴을 훔쳐봤다. 고참의 행동은 멈췄고 눈빛만 반짝인다. 그것이 자신의 노래에 감탄한 표정인지 아닌지 서이동은 구별하지 못했다.

"너-는 무-엇을 찾으러- 왔느냐-?"

서이동이 더 큰 목소리로 멋을 부리며 고개를 쳐들고 입을 하늘로 향했다. 부스럭거리는 소리와 긴 나무의자의 삐걱거리는 소리가 노래 속에 끼어들었다. 서이동은 호흡을 가다듬고 마지막 부분을 힘차게 뽑았다.

"돈-도 명-예도 사랑도- 다- 싫다-."

아가씨들의 박수소리가 밀려나오고 고참들의 눈알 굴리는 소리가 들렸다. 서이동이 엉거주춤하게 자리에 앉았다.

"대학생이라서 그런지 확실히 다르네-."

조합장이 심사평을 큰소리로 말했다. 조용해진 내무반을 둘러보고 서이동은 '아차' 하고 후회했다. 신나게 뽕짝으로 달리는 열차에 늘어진 왈츠 곡을, 그것도 젓가락 반주도 할 수 없이 악을 쓰는 바람에 탈선된 것이다.

서로의 숨소리가 들리는 내무반에 파도 소리가 외롭게 밀려왔다. 탈선된 분위기를 다시 연결할 것인지 말 것인지 갈등하고 있는 그때,

"충-성."

김태성이 내무반에 들어서며 후반근무를 나가겠다며 인사를 했다. 순간의 침묵 속에 고참들의 눈동자에 전기가 들어왔다.

"일어서자. 내일 아침 물 보러가야지."

조합장의 한마디에 망설이던 조합원들이 두리번거리며 일어섰다.

집으로 돌아가던 아가씨들이 부엌으로 들어와 김태성에게 점호하듯 여러 가지를 물었다. 얼굴을 내밀며 질문을 하는 아가씨의 팔뚝을 보고 김태성이 자신의 팔뚝을 쓰다듬었다. 아가씨의 팔뚝이 자신의 팔뚝보다 훨씬 굵고 강인해 보였다.

'몇 살이나 될까?'

김태성은 바다가 반사하는 달빛에 싸인 아가씨의 얼굴을 보고 제 또래일 것이라고 여겼다.

끊어질 듯 끊이지 않는 질문을 이어가며 다가선 아가씨에게서 향기가 난다. 김태성은 크게 숨을 들이마셨다.

'나리꽃 냄새다.'

초등학교 저학년 때 집으로 가는 산 오르막에서 만난 꽃이다. 김태성은 쪼그리고 앉아 혼자 핀 나리꽃을 한동안 바라봤다.

새벽에 물 보러 가야 한다는 아가씨들이 달빛에 뚫린 산길을 따라 집으로 돌아간다. 김태성의 눈에는 산길 가에 나리꽃도 피었다.

처음 보는 잔치는 꿈속처럼 지나갔다. 눈동자만 굴리던 김태성이 고참병에게 아가씨들의 나이를 물었다.

"몇 살은 몇 살이야. 열일곱 살이지."

김태성은 평소보다 일찍 부엌으로 나왔다. 연탄불은 이상 없이 타오르고 있다. 담배에 불을 붙여 창가에 앉았다. 밝은 전등 빛 때문에 부엌 밖은 보이지 않는다. 빨아들인 담배연기를 길게 내뱉었다. 바다의 숨소리가 바위를 타고 귓가에 부딪친다. 규칙적인 파도 소리 사이로 또 다른 소리가 김태성의 귓바퀴를 움직였다.

-삐이- 꺽-. 끼이- 꺽-

김태성은 얼굴을 내밀고 바다를 응시했다. 초소 바위 앞에 배 한 척이 떠 있다. 그물을 당기며 흔들거린다. 노를 저으며 그물을 당기는 사람은 혼자다. 김태성은 여명도 없는 바다를 향해 목을 길게 뺐다. 그물을 따라 움직이는 배가 소리를 낸다.

-삐- 이- 꺽-

김태성은 담배를 연탄불에 던지고 부엌 밖으로 나갔다. 노를 저으며 그물질을 하는 사람이 여자다. 어젯밤 몸에서 나리꽃 냄새를 흩날리든 아가씨다.

김태성은 호흡을 멈췄다. 눈앞에 어머니의 얼굴과 모자를 삐딱하게 쓴 자신의 고등학교 때 모습이 여명처럼 솟아오른다. 바다는 움직이지 않고 열일곱 살 처녀의 노 젖는 고깃배가 바다를 가르며 집으로 돌아간다.

독가촌

시숙은 자신의 꿈을 이야기 했다.

어머니의 몸이 회복되면 내년에 대학에 진학할 것이라고. 사범대학 국사학과에 응시할 것이라고 소리쳤다. 이동은 시숙의 얼굴만 쳐다봤다. 보름 하루 지난 둥근 달이 감나무에 달빛을 쏟아 붓는다. 속을 키우지 못한 감꽃들은 초롱처럼 하얗게 빛난다. 시숙은 바다를 바라보며 꿈을 그렸다.

'국사 교사가 되면 현실을 아름답게 하는 역사를 가르칠 것이다.'

시숙의 눈동자는 달빛에 파도가 잠든 바다보다 빛났다. 이동은 시숙의 눈동자를 보고 미소가 나왔다. 자신은 대학 입학할 때 시숙이처럼 야무진 꿈이 없었다. 파도에 떠밀리는 난파선처럼 흐르는 시간에 얹혀 백사장으로 내동댕이쳐졌다. 백사장 너머에는 울창한 수풀만 보였다. 바람의 느낌도 없이 감꽃이 떨어진다.

시숙은 자신의 꿈이 이루어지면 그 다음엔 사랑하는 사람의 꿈도 이루어지도록 도울 것이라고 했다. 이동은 침을 꿀꺽 삼켰다. 두 사람을 안은 감나무를 향해 마을 양쪽에서 바닷물이 밀려온다. 떨어진 감꽃들이 크리스마스트리를 장식한 불 꺼진 꼬마전구 같다.

사랑하는 사람의 꿈은 무엇인지 물었을 때 시숙은 이동에게 몸을 기댔다. 가슴을 내밀어 이동의 어깨를 눌렀다. 감꽃색 같은 달빛에도 시숙의 얼굴이 붉다.

이동은 아무런 사랑의 표시도 없이 일어섰다. 매복호에서 방위병 혼자 애태우고 있을 것이다. 이동은 움직이지 않는 시숙을 돌아보지 않고 매복호로 향했다. 시숙과 너무 가까워지는 것이 두려워 앞만 보고 걸었다. 파도가 거칠게 자갈을 밀어 붙인다.

마을 끝 매복호에서 시숙이네 감나무 덩치가 빤히 보인다.

늦도 초소 파견 근무 명령이다. 서이동은 외출복 바지 끝단을 접어 군화 속에 넣고 군화 끈을 양손으로 당겼다. 근무기간은 보름이다.

도선에서 바라보는 신수도는 돌아올 때보다 떠날 때가 더 멋지다. 서이동은 기관실 덮개 위에 앉지 않고 열중 쉬어 자세로 삼천포 시가지를 향해 중얼거렸다.

'드디어 통일약국의 간첩을 확인하는구나.'

도선은 안타까운 소리를 내며 와류를 바닥에 닿도록 쏟아내고 선착장에 옆구리를 붙였다. 두 번째로 뛰어내린 서이동은 늘도로 가는 도선 시간을 확인하고 통일약국으로 달렸다.

"박카스 한 병 하고 아로나민 한 알 주세요."

약국은 밖에서 생각했던 것보다 작았다. 약국 진열대 안쪽에 젊은 여인이 서 있다. 얼굴이 통통한. 조금은 부기가 있어보이는 여인은 허리를 숙여 천천히 움직였다. 박카스 한 병을 먼저 진열대에 올려놓고 아로나민을 찾던 여인이 안쪽을 향해 소리쳤다.

"여- 보-."

가격을 묻는 여인 옆으로 나타난 사람은 서이동이 봤던 그 사람이다. 밥쟁이 때 개 짖는 소리에 나가 초소 입구 산 속에서 만났던 미남형 남자다. 서이동은 자신도 몰래 호흡이 멈춰지고 동작이 느려졌다. 애써 시선을 피하며 벽을 둘러봤다.

-영업허가증. 류시국. 1945년생.-

서이동은 받아 든 드링크와 알약을 목이 메게 마시고 빈병수거함을 찾았다. 약국 남자는 서이동을 아는지 모르는지 표정과 행동의 변화가 없다.

"수고하십시오."

서이동은 큰소리로 인사하고 흥분을 감추려고 조심스럽게 문을 밀고 나왔다.

-류시국. 1945년생.-

　그 날 밤. 감나무 아래에서 시숙이 자신의 꿈을 늘어놓을 때 나온 오빠의 이름이다. '오빠 약국만 잘 되면 내년에는 대학에 갈 수 있다'고 시숙의 희망찬 눈빛이 달빛 속에서 번쩍였다.

　나라가 광복되는 해에 태어난 오빠의 이름. 자신의 이름에도 붙여진 '시' 자는 비로소를 뜻하며 오빠는 나라 '국' 자를 붙였고 띠 동갑인 자신은 익을 '숙' 자를 붙여 아버지는 나라의 부강을 바랐다고 했다.

　서이동은 선착장을 바라보며 햇빛에 데워진 바다의 훈기와 하늘의 기운을 힘껏 들이켰다. 기지개를 켜는 자신에게 노산 공원의 키 큰 소나무가 쓰러질 듯 흔들린다. 머릿속에는 뱃머리를 선착장에 바르게 대기위해 도선의 스크루가 만든 세찬 와류로 가득 찬다.

　첫 야간근무는 체격이 좋은 방위병과 한 조를 이루었다. 매복호 위치는 남해 창선도 쪽 늑도 끝이다. 그곳은 초소에서 마을을 지나간다. 방위병은 마을에 들러 수통을 채워가자고 했다. 늘 그렇게 하는 듯 방위병은 서이동의 대답을 듣기도 전에 마을로 들어섰다.

　방위병이 주인아주머니에게 인사하고 우물에서 물을 긷는 동안 서이동은 마루 끝에서 서성였다. 두리번거리던 서이동의 눈에 큰방 문 위 사진을 넣어 건 액자가 들어왔다.

-주인 내외의 사진. 회갑 잔치 사진. 딸 부부의 사진……-

서이동은 축담을 딛고 올라서서 사진 액자에 눈을 붙었다. 퇴색된 사진들 사이로 서이동의 눈길을 멈추게 하는 얼굴이 있었다.

-머리를 짧게 깎고 학생복을 입은 얼굴의 증명사진. 가족 합동 사진 위에 겹쳐 끼인 빛바랜 독사진-

서이동은 마루에 무릎을 대고 사진 속의 얼굴을 유심히 쳐다봤다. 어디서 본 듯한 얼굴이다. 자신을 알고 있는 것처럼 서이동을 보고 미소를 짓는다. 서이동은 철모를 벗고 사진을 확인했다.

'그 사람이다.'

서이동은 예측 없는 전율을 느꼈다. 아직도 눈빛이 선명하게 기억되는 미남형 남자와 함께 온 젊은 남자. 그 날 초소 앞에서 마주친 남자. 류시국과 함께 온 그 남자다.

서이동은 방정식에 주어진 미지수를 찾은 기분이었다. 눈앞에서 벌어진 통영호 사건의 방정식. 서이동은 그 사건의 주인공은 이곳 지리를 잘 아는 사람들의 소행일 것이라고 확신하고 있었다.

수통에 물을 채운 방위병이 처마 아래에서 서이동을 부른다. 키가 큰 주인아주머니가 무어라 할 말이 있을 것 같은 표정으로 서이동을 바라본다. 방위병은 예사로운 인사를 하고 대문을 나섰다.

매복호에 전화기를 연결하고 두 사람은 매복호 위 무덤에 몸을 기댔다. 비석은 아직 온기를 뿜고 있다. 서이동은 기다렸다는 듯 방위병에게 사진 속 인물에 대해 물었다.

"그 집 막내아들입니다. 우리친구지요. 강인종이라고."

방위병은 서이동을 쳐다보지도 않고 뜸을 들이며 친구 이야기를 했다.

"살아있으면 나와 같은 스물다섯 살인데……."

서이동은 방위병에게 그의 이야기를 재촉했다. 어차피 알 것이라 여겼는지 방위병은 강인종에 대한 이야기를 풀어놨다.

"고등학교 졸업한 그 해 겨울에 납북되었습니다."

서이동을 한 번 쳐다 본 방위병은 강인종의 납북을 마치 본 것처럼 말했다.

"배가 납북되어 북한 땅에서 한 일주일 묵었는데 돌아오는 날 강인종이만 배에 타지 않았어요."

방위병은 친구와의 추억을 토로하다 이야기를 마무리했다.

"마지막 날 강인종이 부둣가에서 손을 흔드는데 우는 것 같기도 하고……."

서이동은 강인종의 부둣가 모습이 또렷하게 그려졌다.

초여름의 열기가 식은 무덤을 버리고 두 사람은 매복호 옥상으로 자리를 옮겼다. 매복호 바다 건너에 창선도가 솟아있다. 바다보다 더 어두운 색깔을 낸다.

서먹함을 이기려는지 방위병은 앞만 바라보는 서이동에게 이야기를 늘어놨다.

"저- 앞에 보이는 불빛 있지요?"

방위병이 가리키는 창선도 바닷가에 반짝이는 불빛이 하나 있다. 불빛 주위에는 숲이 둘러졌다. 나무의 흔들리는 모양새가 대나무처럼 보인다.

"저 집에 과부 혼자 삽니다. 얼마 전까지 두 집이었는데 옆집이 이사를 가서 지금 저 과부 혼자 남았습니다."

방위병은 연극 대사를 외우듯 작지 않은 목소리로 이야기를 풀어나갔다.

-어느 날, 저 과붓집 남편이 고기 잡으러 바다에 나갔다가 풍랑을 만나 배가 뒤집어지고 말았어요. 마을 사람들이 남편을 찾아 나섰지만 빈 배만 있고 사람은 보이지 않더랍니다. 여러 날이 지나 마을 사람들이 물속에 있는 과부의 남편을 발견했답니다. 집 앞에서 멀지 않은 바다에 남편이 양반다리를 하고 앉아 있더랍니다. 그런데 죽은 남편의 시체가 물 위로 떠오르지 않고 그 자리에 가만히 있었답니다. 마을 사람들이 죽은 남편을 물 위로 끄집어 올리려고 아무리 힘을 써도 남편은 꼼짝도 안했답니다. 마을 사람들의 이야기를 들은 남편의 아내가 죽은 남편을 만나러 갔답니다. 물속에 바위처럼 앉아있는 남편을 보고 아내가 소리쳤대요.

"여보, 고집부리지 말고 이제 집으로 갑시다."

아내의 외침을 들은 남편이 물 위로 떠올랐다고 합니다. -

이야기를 멈춘 방위병이 서이동의 반응을 살펴보고는 다시 입을 열었다.

-물속에 있는 남편의 뺨을 아내가 한 대 때렸더니 남편이 떠올랐다는 소문도 있고. 그 뒤로 과부는 무당이 되었답니다. -

방위병의 이야기 너머로 대나무에 둘러싸인 창선도 과붓집의 불빛이 밝다. 서이동은 강인종을 생각하다 창선도 과부의 얼굴도 마음대로 그려봤다. 산속의 암자. 마을에서 떨어진 외딴 집. 이런 독가촌은 간첩과의 접선이 용이하여 요시찰 대상이다.

꼬마 초롱같은 감꽃이 떨어지고 푸른 감이 자리 잡기도 전에 서이동은 신수도 대구동을 떠났다. 중대단위로 운영되던 달밤 군대가 대대단위로 재편성된 때문이다. 경남대대는 경남해안을 지키던 중대 중 한 중대가 돌아가면서 대대에서 교육을 받으며 비상시국을 대비하는 방식이다. 교육을 받는 중대의 해안 경계지역은 나머지 중대가 분할하여 경계하게 되었다. 삼천포 중대는 경계지역이 고성군 삼산면 지역까지 넓어졌다. 서이동과 김태성도 새로 생긴 6소대 학섬초소로 전출되었다.

떠나기 전날 밤. 이동은 시숙을 만났다. 감나무 아래 계단을 지나 몽돌이 깔린 바닷가 바위틈에 나란히 앉았다. 파도가 해안선을 밀고 당긴다. 어린 자갈이 소리 내며 파도의 거품사이로 끌려간다. 석양을 등진 시숙의 얼굴에 석양빛이 모두 모였다. 시숙은 울지 않았다. 가슴 속의 꿈이 깨어질까봐 이동은 시숙을 살며시 껴안았다. 뜨거워진 시숙이 더한 뜨거움을 원했지만 이동은 한숨으로 시숙의 열기를 식혔다. 어둠 속에서 파도의 하얀 거품만 해안선을 핥는다.

이동은 시숙이 눈물을 흘리기 전에 일어섰다. 시숙에게 오빠의 이야기는 하지 않았다. 오빠 때문에 시숙을 멀리하고 싶지 않은 마음은 무엇일까? 이동은 자신의 자갈 밟는 소리에 깜짝 놀랐다. 자신의 마음을 들킨 것 같아 시숙을 쳐다봤다. 시숙은 아무 소리도 없이 어둠처럼 뒤따랐다. 저 멀리 삼천포 앞 바다의 등대가 불꼬리를 길게 잡아당겼다가 놓아버린다.

학섬초소

학섬초소는 삼천포 달밤중대의 맨 끝 초소이다. 소대 주분초이며 통영중대와 맞닿아 있다.

학섬은 학촌 앞 바다의 조그만 섬이다. 사람이 살지 않는다. 학섬초소가 있는 산도 둑길로 섬을 이어 붙여 육지로 만든 곳이다. 학섬초소의 특징은 배구네트를 설치할 수 있는 마당이 있다는 것이다. 그러나 단점은 순찰차가 언제나 들이닥칠 수 있는 불안감이 존재하는 곳이다.

학촌은 삼천포보다 고성읍이 더 가깝다. 교통수단은 삼천포에서 고성읍을 오가는 완행버스가 두 어 시간에 한 번 꼴로 지나간다. 버스운행시간은 예정되어 있으나 첫차와 막차를 제외하면 제 시간에 버스를 타기가 어렵다. 학촌 버스 매표소장의 말은 삼천포와 고성을 오가는 버스가 각 한 대씩이라 한 대가 고장 나면 나머지 한 대가 고성과 삼천포를 오간다고 한다. 삼천포에서 고성읍까지는 완행버스로 한 시간이 더 걸린다.

삼천포에서 오든 고성읍에서 오든 학촌 정류소에 내리면 학섬교회가 눈을 맑게 한다. 교회는 상촌 가는 길 옆 산자락에 서 있다. 젊은 부부가 열심히 신앙을 개척하는 조그만 집이다. 학촌은 상촌 가는 반대편 바다 쪽으로 내려간다. 고성읍으로 가는 고개 너머에는 중촌마을도 있다. 학촌은 하촌 사람들이 만든 마을 이름이다.

학섬교회 맞은 편 매표소 옆에는 이발관이 있다. 이발관은 닷새에 한 번씩 문을 연다. 이발관 건물 작은 방에는 할머니 한 분이 산다. 백발이신 할머니는 날씨가 좋은 날에는 의자를 들고 집 앞에 나와 앉아있다. 머리를 곱게 빗어 넘긴 할머니는 다 피지 않은 장미꽃 같은 웃음을 잃지 않았다.

학촌은 50호가 안 되는 마을이다. 본 마을은 정류소에서 흐르는 하천을 따라 조금 떨어져 있다. 하천 끝 바닷가에 자리했다. 둑길로 연결되어 학섬초소가 있는 산모퉁이에도 오·륙호가 산다. 구판장은 본 마을에 있다.

학섬에는 학이 오지 않는다. 학섬 앞의 섬이 둑길로 연결된 뒤로 학을 볼 수 없다고 했다. 둑길로 연결된 섬에는 어장막이 들어서 조그만 항구가 되었다. 썰물이 되면 둑길 옆에는 갯벌이 길게 만들어진다.

서이동과 김태성은 예상보다 빨리 중고참이 되었다. 두 달에 한 번 꼴로 들어오던 신병이 한 달에 한 번 꼴로 늘어나더니 요즘은 한 달에 두 기수가 들어오는 때도 있다.

달밤군대의 계급체계도 바뀌었다.

소대장이 경위에서 경사로, 분대장은 순경에서 특경으로 바뀌었다. 졸병들은 계급이 실질적으로 강등되었다. 달밤군대의 졸병월급이 육군졸병들의 월급보다 많다고 하여 달밤군대 졸병들의 진급방법을 바꾼 것이다. 이경에서 일경은 일 년. 일경에서 상경은 일 년 반으로 늘어 났다. 사실상 육군병장에 속하는 작대기 네 개. 수경은 사라진 것이다.

월급이 많다는 달밤군대의 일경 월급은 육천 원 가량. 그러나 월급에서 의무적으로 공제하는 경찰병원건축비 일천 오백 원을 제하면 사천 몇 백 원 받는다. 거기서 다시 휴가비 육백 원을 떼면 겨우 사천 원이다. 달밤군대에는 목욕탕. 이발관이 없다. 자기 스스로 머리 깎고 때를 벗겨야 한다. 머리 깎고 때 밀려면 삼천포나 고성읍으로 나가야 한다. 외출 나가는데 도시락 싸주는 대한민국 군대는 없다. 머리 깎고 때밀고 나서 주차장 근처 중국집에서 짜장면 한 그릇 먹으면 그 달 월급은 양호하게 지출한 것이다.

계산하기 복잡하니 아예 진급을 시키지 않은 내무부나 졸렬하기는 국방부도 마찬가지였다. 서이동은 첫 휴가 때 친구 놀부를 만나서 놀라운 일을 발견했다. 자신보다 두 달이나 늦게 입대한. 그것도 똑같은 논산 훈련소에 입대한 친구가 자신보다 군번이 빨랐다. 서이동은 이상하다면서 몇 번이나 놀부에게 군번을 물었다. 그때마다 놀부는 자신보다 빠른 군번을 외우고 소리쳤다.

"야- 세상에 군번 빠른 졸병이 다 있다!"

자랑스러운 대한민국 육군과 동등한 대우를 받는다는 경찰서 앞 게시판의 포스터를 보고 서이동은 달밤군대에 응시했다. 그것도 몇 대 일의 경쟁률을 뚫고 말이다.

서이동은 입대 후 13개월 만에 일경으로 진급했다. 근무성적이 우수하여 동기생들보다 한 달 일찍 진급했다. 검은 작대기 두 개가 붙은 서이동의 계급장을 바라보던 김태성이 자신의 계급장에 검은색 사인펜으로 작대기 하나를 더 그었다.

소대장은 경사다. 계급장에 은빛 잎사귀가 세 개 붙어있다. 부소대장은 잎사귀 두 개. 경장이다. 달밤군대 입대초기에 헷갈린 계급 중 표기가 비슷한 '경정'은 무궁화 세 개다. 잎사귀 두 개하고는 비교가 안 된다.

서이동이 소속된 6소대장은 진주에서 파출소장을 하다 온 사람이다. 얼굴 윤곽이 굵고 젊잖게 생겼다. 소문에는 나쁜 짓을 해서 이곳으로 발령 받았다고 한다. 근무 기간은 일 년이다. 소대장은 담배를 피우지 못했다.

인근 5소대장은 월남전에 참전한 장교로서 대위에서 경사로 전환했다. 입만 열면 월남전의 무용담을 늘어놨다. 자신은 새벽이슬도 피해 갈 수 있는 능력을 가졌다며 밤새도록 순찰하여 대원들을 괴롭혔다. 월남전에서 베트콩들이 새벽에 오지 않고 초저녁에 쳐들어왔는지 아무튼 베트남은 5소대장이 전역하기 전에 망했다. 6소대 부소대장은 하사관 전역군인이다. 부소대장은 군대이야기는 하지 않고 오직 조기 축구에만 관심이 많다.

소대장 전령이 서이동을 찾았다. 대원들이 근무에 나간 시간이다. 소대장은 가끔 서이동을 불러 이야기하는 시간을 가졌다. 오늘은 서이동이 초소 근무다. 소대장이 마당 끝의 전망초로 들어왔다. 전망초는 매복호에 유리창을 입힌 형태이다. 그 속에는 두 사람이 겨우 앉을 수 있고 가슴높이의 나무받침대에는 두 대의 전화기와 근무일지 그리고 총과 철모가 모서리에 자리한다. 전망초 앞 교통호 위에는 기관총이 다리를 벌리고 엎드려 있다.

서이동에게 초소 일을 묻는 소대장에게 때마침 전화가 걸려왔다. 중대본부다. 서이동이 전화기를 건네고 물러앉았다. 소대장이 연신 머뭇거리면서 대답을 길게 뺀다.

"꼭- 그렇게 해야 됩니까?"

대답을 마친 소대장이 전화기를 귀에 대고 한참동안 말이 없다. 저 쪽에서 먼저 전화를 끊는지 소대장은 인사도 없이 전화기를 내려놓았다.

"서이동. 내. 담배 하나 주라."

소대장 전령이 서이동보다 먼저 담배를 꺼낸다. 담배에 불을 붙이는 소대장의 손이 떨린다. 한 모금 담배연기를 마신 소대장이 어색하게 입을 벌리며 담배연기를 밀어낸다. 서이동이 보기에 소대장은 담배연기를 입 속으로 빨아 당기지도 못했다. 다시 담배를 입에 댄 소대장이 들숨을 쉬고는 곧바로 기침을 하며 몸을 아래로 숙인다.

"이런 곳에서 먹을 게 뭐 있다고. 시간만 나면 밥 사라고 전화질이니……."

담배연기의 충격에 다시 담배를 빨 용기가 나지 않는지 소대장은 어색하게 손가락에 끼인 담배를 바라보며 중얼거렸다.

"할 일도 없고 담배나 태우고 싶은데 언제나 맛을 알게 될까?"

마치 애원하듯 바라보는 소대장의 눈동자를 의식하며 서이동이 대답했다.

"소대장님. 담배 피우지 마십시오."

서이동의 부러진 대답에 소대장이 고개를 끄덕이며 일어선다. 전망초 입구에 언제 왔는지 분대장이 서 있다. 분대장은 육군하사와 같은 특경이다. 지금 분대장은 신병 때 하사관 교육을 받지 않고 복무 중에 특경 교육을 받았다. 그래서 일반대원과 같이 달밤군대 기수를 가지고 있다. 자연스럽게 대원 간 서열이 형성되어 분대장은 자기 위 기수들만 대우하면 된다.

분대장과 전령의 경례를 받으며 소대장이 뒷모습을 오랫동안 보이며 마을의 처소로 걸어간다. '계속- 근무하겠음.' 하는 복창소리의 여음이 끝나기도 전에 분대장. 서이동. 전령. 방위병이 동시에 담배를 꺼내 물었다.

다음 날. 석양의 남은 빛이 반사되어 바다가 은빛으로 물들 때 방위병들이 하루 근무를 위하여 초소에 들어섰다. 시시덕 거리던 방위병들의 소란스러움이 방위병 대기실 앞에서 조용해질 즈음 다급한 발걸음 소리를 내며 소대장이 초소로 달려왔다.

"이 자식들. 모두 집합시켜!"

분대장이 영문을 몰라 소대장의 얼굴을 쳐다본다.

"방위병. 이 자식들 모두 집합시키란 말이야!"

분을 참지 못하는 소대장이 씩씩거리며 가만히 서 있질 못한다. 방위병들의 집합을 알리는 분대장의 보고를 받는 둥 마는 둥 소대장은 몽둥이를 들고 나왔다.

"전부 엎드려!"

호흡을 가다듬지 못하는 소대장이 몽둥이를 내리친다.

"뭐가 어쩌고 어째!"

영문도 모르는 대원들이 숨을 죽이며 둘러섰고 땅에 엎드린 방위병들은 서로 얼굴을 훔치며 후회하고 있었다. 궁둥이 하나에 몽둥이 열대씩 힘껏 매질을 하고도 소대장은 분이 풀리지 않는 듯 몽둥이를 내던지며 소리쳤다.

"이 자식들. 한 번만 더 그런 짓하면 모두 영창에 쳐 집어넣어 버릴 거다."

소대장의 거친 숨소리와 방위병의 복창소리가 사라진 초소에 어둠이 차분히 내려앉는다.

"나는 소대장 부인인 줄은 몰랐다."

오늘 매질을 당한 원인 제공 방위병이 동료들에게 변명한다. 엉덩이를 쓰다듬으며 동료 방위병들이 푸념했다.

"그만 하라고 할 때 그만뒀으면 이 꼬라지는 안 당했지."

화가 풀리지 않은 동료들이 말꼬리를 물었다.

"이 새끼. 자꾸 집적거려 가지고 우리만 나쁜 놈 다 만들었잖아!"

오늘의 상황을 소대장 전령이 설명했다.

개울가의 빨간 모자 아가씨? 빨래하는 빨간 모자 아가씨를 본 방위병들이 출근길에 희롱한 것이다. 시골에서 볼 수 없는 세련된 뒷모습과 챙이 긴 빨간 모자. 치마를 움켜잡고 빨래하는 아가씨. 방위병들은 순간 얼굴이 달아올랐고 감정이 튀어나왔다. 그 중에서 키가 큰 오늘의 문제 방위병이 달려들었다.

"아가씨, 오늘 밤에-."

빨간 모자 아가씨가 놀라 집으로 달려갔고 그 집에는 소대장이 누워있었다.

그 날 밤. 초소 후반근무는 김태성이었다. 김태성의 고향은 산청 생비량이다. 생비량에는 바다가 없다. 김태성은 바다를 바라보면 괜히 무서웠다. 밤이면 더욱 공상이 머리를 돌아다녔다. 수영도 개헤엄에서 조금 발전한 실력이다.

김태성은 월출, 월몰시간과 일몰, 일출시간이 적힌 근무일지를 펼쳤다. 물때는 조금께다. 김태성은 미간을 찌푸렸다. 물때만 나오면 헷갈렸다. 음력 초여드레와 스무사흘이 '조금'이라고 외웠지만 마음에 꼭 새겨지지 않았다.

오늘 밤은 달도 밝지 않다. 간첩이 들어오기 좋다는 1/4 월광에 가깝다. 김태성은 빈총을 메고 있는 방위병을 자꾸 붙잡았다. 조금께라 그런지 파도 소리도 속삭이듯 부드럽다. 바람은 없어도 찬 기운이 저 멀리 둥근 파도 보다 더 몸을 떨게 한다.

김태성은 시선을 정면 바다로 향했다. 탐조등이 돌아가며 파도를 더 크게 보이게 한다. 김태성은 눈길을 돌리고 싶었지만 이상하게 학섬으로 움직이는 둥근 파도가 눈동자를 붙잡는다.

'파도 같기도 하고 아닌 것 같기도 하고…….'

김태성은 머리카락이 위로 치솟았다. 방위병에게 물어 보려다가 그만 뒀다. 그러나 김태성은 자꾸만 눈길이 학섬 앞으로 돌아간다.

'어찌 보면 무슨 덩어리 같기도 한데?'

김태성이 소리 내어 방위병에게 물었다.

"저게 뭐냐? 이쪽으로 오고 있잖아."

방위병이 김태성의 손가락 끝을 따라 파도 속의 시커먼 물체를 보고 얼른 결정을 못한다. 김태성이 발을 굴리며 몸을 떨

70

었다. 방위병 어깨의 빈총에서 딸그락거리는 소리가 연거푸 들린다.

새벽 세 시 공구 분.

고요함도 잠에 빠져드는 시간. 김태성은 결론을 내렸다. 학섬으로 다가가는 물체는 북한의 소형 간첩선이나 수중 보트가 틀림없다. 김태성은 떨리는 손으로 기관총의 방아쇠를 잡고 조준선을 정렬했다. 입은 다물었지만 이빨이 부딪쳐 몸이 흔들린다. 옆에 엎드린 방위병의 숨소리에 아무소리도 들리지 않는다. 김태성이 한숨 뒤 짤막한 신음을 내드니 입을 벌렸다.

"에이- 씨-발."

-드드 득-

기관총은 목표물보다 짧게 불을 던졌다. 김태성이 다시 입천장에 가슴 속 공기덩어리를 부딪치더니 기관총을 조금 위로 움직여 방아쇠를 당겼다.

-드르륵-

아까 보다 안정된 굉음이 밤바다를 가르고 김태성이 환호했다.

"명중이다!"

학섬 옆으로 움직이던 간첩선에서 피가 튀어 올랐다. 두 사람이 총에 맞는지 시커먼 핏덩어리가 크게 튀어 올랐다. 김태성이 두 손바닥을 펴서 딱 소리 나게 마주치고 가슴을 펴고 웃었다.

한 시간 뒤.

학섬 상륙 작전을 위하여 세 척의 배가 초소 앞에 늘어섰다. 두 척의 배에는 노 젓는 방위병 두 명, 대원 세 명씩 탔다. 세 번째 배에는 소대장과 유탄발사기를 멘 전령, 수류탄 상자를 든 분대장이 승선했다.

하늘과 바다와 육지의 색깔이 비슷한 시간에 소대장이 몸에서 손을 떼어 들었다.

"가자."

앞장 선 배에 김태성이 탔다. 실탄을 매단 탄띠가 무겁다. 이빨이 자신도 모르게 소리를 낸다.

'무장공비들은 명사수라던데.'

'이마에 백발백중 한다던데.'

세 척의 배가 흔들리며 만드는 파도가 바람에 만들어진 파도보다 더 거칠다. 서로의 파도가 마주치는 학섬 가에는 격랑이 인다. 아군의 위치를 노출시키지 않기 위해 불빛은 모두 제거했다. 상륙지점은 간첩선이 침몰한 위치에서 반대편, 북쪽으로 백 미터 해안 바위 아래다. 공격지점은 초소에서 보이지 않는다. 공격이 시작되면 탐조등이 적의 위치를 조명할 것이다.

두 척의 배가 짧은 모래밭에 상륙했다. 김태성이 앞장섰다.

방위병들은 배에서 내리지 않았다. 김태성은 M1 소총을 두 손으로 꽉 잡았다. 땀이 흐른다. 늦은 태풍에 나뭇잎이 떨어지듯 땀방울이 총에 부딪친다. 김태성은 방아쇠 격발장치를 매만졌다. 연발로 사격할 것인지 단발로 사격할 것인지 아직 결정하지 못했다. 탄창에는 실탄이 여덟 개 들었다.

속옷이 켕겨 걸음걷기가 불편하다. 김태성이 목적지를 향하는 첫 바위에 올라 손짓을 한다. 목적지는 두 번째 바위 아래다. 첫 배의 대원 세 명이 두 번째 바위에 엎드렸다. 학섬에는 대원들의 숨소리만 들렸다.

두 번째 바위아래 낮은 암반 목적지에 아무것도 없다. 대원 여섯 명이 숨을 죽이고 삼십분을 엎드려 있어도 움직이는 물체가 없다. 탐조등이 학섬 해안가를 눈부시게 훑고 뭉쳐있던 대원들이 흩어져 목표물을 탐색했다. 무장공비는 나타나지 않았다.

여명에 바닷가를 붉게 물들인 피. 떨어지지 않고 한 몸처럼 덩어리 진 물체. 김태성의 기관총에 사살 된 커다란 물치 두 마리는 머리와 배에서 피를 보내고 있었다. 머리에 총을 맞은 한 마리는 충혈 된 눈동자로, 배에 총을 맞은 한 마리는 여명의 빛을 담은 눈동자로 김태성을 노려봤다.

중대장에게 학섬 상륙작전상황을 보고하는 소대장은 "네", "네"를 연발했다. 중대장은 일본말로 '마이가리' 경감이다. 조건부 경감이라는 뜻이다.

"이상 없어요? 미안하면 밥 한 그릇 사세요."

소대장은 중대장의 요구를 거절하지 못했다. 중대장은 자신보다 젊으나 집안은 훨씬 좋다. 소대장은 불을 붙였지만 아직 빨지도 않은 담배를 끼운 손가락을 부르르 떨었다.

암구호 김치

방위병 신병이 들어왔다.

정월대보름이 지나고 진달래가 새싹을 돋울 때다. 물치사건 이후 의기소침 하던 김태성이 서이동에게 목소리를 높였다. 방위병 신병과 첫 근무를 한 다음 날이다.

"서 일경님. 방위병 이일우 임마. 문제가 있습니다."

서이동이 김태성의 이야기를 솔깃하게 듣는다. 김태성은 제대한 방위병 A조 조장에게도 손 좀 봐야겠다고 벼르다 뜻을 이루지 못했다.

A조 조장은 배구도 잘하고 몸도 좋았다. 특히 걸음걸이가 거만스러웠다. 김태성이 기분상한 것은 조장의 걸음걸이보다 바짓가랑이였다.

A조 조장은 바짓가랑이에 링을 차고 다녔다. 찰랑거리는 링 소리를 내기위해 두 발을 앞으로 차며 걷는 모습이 김태성에게

는 아니꼬왔다. 그러나 A조 조장은 운동도 잘했지만 근무태도
도 좋았다. 나이도 김태성보다 많았다. 한마디로 인근에서 '물
건' 소리를 듣는 방위병이었다.

그즈음 달밤군대 사령관은 '내 고장은 내가 지킨다'는 슬로건
을 내세워 해안가 방위병들은 학력이 좋았다. A조 조장도 고성
에서 고등학교를 졸업했다.

용모도 괜찮고 근무태도도 좋은 A조 조장은 초소 출근할 때
선글라스를 끼고 왔다. 김태성은 선글라스를 낀 A조 조장을 볼
때마다 혀를 찼다.

"섀-끼, 놀고 있네."

A조 조장은 김태성이 혀를 차든 말든 선글라스를 벗지 않았
다. 그 이유는 동료 방위병들이 대신 말해줬다.

그 날 밤. 방위병이지만 기죽고 싶지 않은 조장은 그 날도 선
글라스를 끼고 초소에 출근을 했다. 마을 산길은 밤이나 낮이
나 자신이 있었다. 그러나 매복호를 가기위해 빈총을 메고 방
한복까지 든 조장은 선글라스를 낀 밤길이 마음 같지 않았다.
출렁이는 바닷물을 뛰어 건너야하는 방파제 끝 오르막에서 그
는 부러진 소나무 가지에 얼굴을 찔렸다. 후회는 늦었고 고통
은 빨랐다. 왼쪽 눈가에 다섯 바늘을 꿰맨 그는 그 날 이후 선
글라스를 벗을 수 없었다. 그래도 김태성은 그의 바짓가랑이에
서 나는 링 소리를 들으면 혀를 찼다.

"새-끼. 놀고 있네."

이튿날 서이동은 방위병 신병 이일우와 초소 후반 근무조를 만들었다. 새벽 한 시 근무교대를 위하여 열두 시 사십오 분경 전반근무 방위병이 이일우를 깨웠다. 이일우는 일어나지 않았다.

"아-앙. 안-해-."

몸을 뒤집어 웅크리며 이일우는 소리를 질렀다. 전반근무 방위병이 어이없는 표정을 지으며 이일우를 흔들었다.

"임마. 일어나. 여기가 니 집이가?"

이일우는 어린애 소리를 내며 울부짖었다.

"엄-마. 나- 몰라. 으응."

전반근무 방위병이 이일우의 자는 모습을 보다 포기하고 서이동에게 돌아왔다. 서이동이 이일우에게 다가가 고함을 쳤다.

"이일우. 뭐 하는 거야. 일어나-."

서이동이 이일우의 머리를 흔들었다.

"으-응. 안-해. 안 해-."

이일우가 소리치며 울었다. 그리고 몸을 돌려 눈을 감았다. 서이동은 한동안 이일우의 자는 모습을 보다가 방위병 대기실을 나왔다. 아침. 퇴근하는 이일우의 발걸음이 힘차다.

다음 날부터 서이동은 이일우의 근무태도를 관찰했다. 오후에 출근하여 이일우는 식당을 어슬렁거리다가 저녁을 먹지 못한 방위병이 끓이는 라면을 얻어먹고 입맛을 다시며 웃었다. 근무교대시간에는 누워서 발버둥을 치고 울다가 코를 골면서 잠을 잤다. 아침 퇴근시간에는 총을 던져놓고 정확하게 퇴근했다.

동료 방위병들은 체념한 듯 이일우의 행동에 시비를 걸지 않았다.

"아마, 힘들 겁니다. 포기하십시오."

이일우를 감싸는 동료 방위병들의 언행에 서이동과 김태성은 동의하지 않았다. 해결방법은 한 가지 뿐이라고 두 사람이 눈빛을 주고받았다.

이일우가 야간근무를 마치고 네 번째 퇴근하는 날.

오후 서이동은 학촌 구판장을 찾았다. 구판장은 큰길을 통하지 않고 옆 마을로 가는 바닷길 빈 터에 있다. 구판장 아가씨는 스물 한 살의 강씨이다. 건강한 체격에 얼굴은 보통이며 목소리는 저음부에서 비음을 낸다. 서이동에게 관심이 많다. 구판장 아가씨가 서이동에게 보내는 눈빛이 이글거리기도 전에 조합장 입에서 먼저 튀어나왔다. 날아가는 소문에 날개는 없어도 몸집은 불었다.

-구판장의 강복길이 서씨 집안의 며느리 된단다-

구판장 안쪽에는 나무 테이블이 몇 개 놓여있다. 서이동은 앞쪽 판매대 의자에 앉았다. 판매대 안쪽 강복길의 얼굴이 붉어지고 손발의 움직임이 둔해진다. 서이동이 이일우에 대하여 물었다. 강복길이 이외라는 듯 눈을 크게 뜨며 대답했다.

"자기 술값은 정확히 계산합니다."

서이동이 흥분한 김태성의 모습을 생각하며 웃었다. 강복길의 표정이 밝다.

이일우가 다섯 번째 출근하는 날이다.

서이동과 김태성은 배구네트 거치대만 솟아있는 초소입구에서 이일우를 기다렸다.

이일우가 미소를 감추고 입맛을 다시며 종종걸음으로 동료 방위병과 걸어왔다. 키가 작은 이일우는 다른 방위병과 보조를 맞추기 위해 뛰듯이 걸었다.

"이일우-. 걸음걸이가 그게 뭐야-."

초소 입구에 들어서기 무섭게 김태성의 목소리가 터져 나왔다. 이일우는 두리번거리며 김태성을 지나가려 했다. 김태성의 두 번째 목청이 울렸다.

"이일우. 군인이 팔자걸음을 걸어서 되겠나? 응. 다른 사람들 걷는 것 봐라. 어떻게 걷는가."

이일우는 눈이 뚱그레졌다. 전번 근무 때도 오늘처럼 걸어왔고 저 전번 근무 때도 오늘처럼 걸어왔다.

"엎드려뻗쳐."

김태성의 고함에 이일우가 망설이며 되묻는다.

"예?"

"이 자식, 내 말이 안 들려?"

김태성의 고함이 연이어 터졌다. 이일우가 엉거주춤하게 엎드렸다.

"똑바로 엎드리지 않으면 허리 다쳐-."

김태성이 수도꼭지 옆의 몽둥이를 들고 이일우의 엉덩이를 내리쳤다.

"아이고- 아하히고-."

이일우가 옆으로 뒹굴면서 신음을 토했다. 김태성을 노려보며 '아이고-'를 멈추지 않는다. 김태성의 목청이 더욱 올라갔다.

"이 자식이- 상하도 없이 째려 봐?"

김태성이 이일우의 배를 발로 받치고 엉덩이를 바로한 후 다시 몽둥이를 내리쳤다.

"아이고오- 아하히고호-."

김태성의 목소리가 저녁 하늘을 흔든다.

"이 자식, 복창소리도 없이 '아이고-'가 뭐냐. '아이고'가 응-."

김태성이 내리친 몽둥이는 다섯 번이었다. 난생 처음 몽둥이를 맞은 이일우는 분을 참지 못하고 흥분했다.

그 다음 근무 때는 서이동이 이일우를 기다렸다.

"이일우. 어젯밤에 라면을 먹었으면 그릇을 씻어야지. 왜 그대로 뒀어?"

이일우가 변명할 새도 없이 서이동의 입에서 고함이 튀어

나왔다.

"엎드려."

전번 근무 때 김태성이 때린 매질과 똑같이 다섯 대의 몽둥이가 이일우의 궁둥이에 도착했다.

양손바닥을 칼날처럼 펴서 서로 부딪치며 매질하는 김태성에게 이일우가 두 손을 비비며 애원하는 것은 통하지도 않았다. 움직이지 않는 서이동의 눈동자를 보며 눈물을 흘리던 이일우는 다섯 번의 매질 끝에 정확한 근무교대와 라면 끓이기가 이루어졌다.

이일우가 처음으로 매복근무에 나가는 날 저녁 점호 때다.

그 날 밤 암구호는 '김치-백반'이었다. 분대장은 이일우가 미덥지 못하여 앞으로 불러내었다.

"이일우. 수하요령 한 번 해 봐. 내가 적군이라 하고 시작해 봐."

이일우가 총과 오른 발을 한꺼번에 움직이며 분대장을 향해 총을 겨누었다.

"손들어."

분대장이 손을 들고 기다리다가 속삭였다.

"암구호 해야지."

이일우가 입술을 딸막이며 소리를 냈다.

"집 치-."

분대장이 급하게 말을 받아 도리질을 하며 이일우에게 다시

하도록 한다.

"짐치가 아니고 김치다. 김치. 이일우."

이일우가 겸연쩍어하며 제자리로 들어왔다. 분대장이 다시 수하요령을 강조하며 이일우 앞으로 간다.

"손들어."

이일우가 총을 겨누고 분대장을 본다. 분대장도 이일우를 쳐다본다. 잠시 침묵이 흐르고 이일우가 빠르게 소리쳤다.

"짐치."

분대장이 하늘을 한 번 쳐다보고 이일우에게 다시 해보라고 지시한다.

"이일우. 짐치가 아니고 김치다. 김치."

김치를 강조한 분대장이 이일우에게 다가가 천천히 말한다.

"따라 해봐. 김. 치."

이일우가 따라 했다. "김. 치" 분대장이 잘했다고 칭찬하고 다시 한 번 수하요령을 해보자고 한다.

"손들어"까지는 변함없이 진행되었지만 그 다음은 변함이 없었다.

"짐치."

점호를 받던 대원들과 방위병들이 모두 웃고 말았다. 분대장이 허탈해 하며 결론을 내렸다.

"안 되겠다. 니는 그만- 짐치 묵어라."

이일우 같이 예측하기 어려운 방위병은 한 명 더 있었다. 자칭 '미남' 방위병이다. 그는 초면에 서이동에게 다가 와 자신을 소개했다.

"사람들이 나를 '미남'이라고 합니다."

서이동은 그를 쳐다봤다. 용모가 반듯했다. 그는 얼굴을 내밀고 움직이지 않았다.

"여자들이 그런 소리를 많이 하나?"

미남 방위병이 웃으면서 대답했다.

"네."

대화도 없이 옆에 앉아있는 미남 방위병에게 서이동이 명령했다.

"저리 가서 네 일이나 해."

그때서야 미남 방위병이 일어섰다. 미남 방위병의 머리에는 직선만 있었다. 곡선이나 부호. 더구나 복합적인 형상은 존재하지 않았다. 서이동은 그와 첫 근무 때 그 사실을 알았다.

"앞을 보고 이상한 물체나 사람이 나타나는 지 잘 지켜야 한다."

일상적인 말투의 다짐이었지만 미남 방위병은 움직이지 않고 앞만 바라보고 있었다. 답답함보다 두려움에 가까운 서이동의 목소리가 새어나왔다.

"앞만 보지 말고 돌아서서 뒤도 바라보고 그래야지. 앞만 보고 있으면 어쩌노?"

미남 방위병은 서이동의 명령대로 앞을 보다가 일정한 시간이 되면 뒤를 돌아보고 다시 앞을 바라보는 행동을 밤새도록 되풀이했다.

서이동은 파도 소리만 내는 바다와 앞만 바라보는 미남 방위병 사이에서 일출 십 분 전까지 하늘의 별자리를 헤아렸다.

탐조등

"이 미친놈들!"

제대 한 달 남은 고상경이 손가락질을 하며 복수형 표현을 썼다. 고상경이 손가락질한 길에는 초소를 떠나는 짚차의 뒷모습이 햇빛에 번쩍인다. 짚차에는 치안본부의 해안초소 책임자가 탔다. 계급은 경무관이다. 총경보다 한 계급 높다.

"이 미친놈들. 자기들 손가락 한 번 까딱한 거리가 얼마나 되는 줄 알기나 알고 지시하는 거야?"

고상경은 졸병들에게 소리쳤다.

"조금 더 기다려 봐라. 또 높은 놈 한 번 더 오면 손가락 까딱하고 지시가 바뀔 거다."

고상경이 흥분하며 흉내 낸 손가락 까딱한 거리는 초소와 탐조실까지의 거리를 말한다. 배를 타고가면 이백 미터도 안 된다. 그러나 바다에는 길이 없다. 대원들이 사용하는 길은 어장막을 돌아 산길을 이용한다. 직선거리의 세 배 가까이 된다.

오늘 초소신축을 위한 치안본부의 현장답사가 있었다. 중대본부에서는 현 초소 자리가 너무 개방되어 신축초소로써 부적당하니 탐조실을 초소와 합하는 것이 좋다고 보고했다. 그러나 치안본부의 높은 사람은 자신의 짚차가 도착한 초소 자리가 전망도 좋고 교통이 편리해 적격이라고 결정했다.

고상경은 졸병들에게 큰소리쳤다. 지난번 초소신축 자리는 탐조실 자리에 짓는 것으로 결정났다. 그 때는 치안본부 담당자가 중대본부까지만 왔다. 계급은 경무관보다 두 계급 낮았다.

초소 대원들은 초소신축을 위한 물품들을 이미 탐조실 근처에 쌓아 두었다. 치안본부의 높은 사람 손가락 한 번 까딱한 지시대로 하려면 준비한 물품들-시멘트, 철근 등-을 다시 초소로 옮겨야 한다. 고상경은 또 한 번 책임지지도 못할 큰소리를 쳤다.

"조금만 기다려 봐라 누가 봐도 탐조실이 초소자리로 적합하지 아무나 드나들 수 있는 이 자리가 적합하냐?"

큰 소리 친 고상경은 화난 얼굴로 탐조실로 올라갔다. 초소 마당에 남은 대원들은 탐조실의 물품들을 어떻게 해야 할지 몰라 우두커니 서로를 바라보았다.

시숙이 면회를 왔다.

주말경계 강화기간을 피하여 월요일에 왔다. 이동이 신수도를 떠난 지 반년 만이다. 두 사람은 초소에서 학섬교회까지 걸었다. 학섬 바위틈에 진달래가 피었다. 바닷가에는 겨울을 다 씻어내지 못한 파도가 바위에 부딪쳐 얼음가루 같은 흰 물방울을 하늘로 보낸다. 시숙의 진달래 빛 원피스가 펄럭일 때마다 이동은 좌우를 둘러봤다. 마을 사람들의 보이지 않는 시선이 봄 햇살처럼 느껴졌다. 마을 저 편 구판장에서도 눈총을 쏘고 있을 것이다.

교회 설교단 아래 맨 마지막 긴 의자에 두 사람은 나란히 앉았다.

시숙이 이동을 바라보는 눈동자에 눈물이 쌓였다. 대학에 가서 국사 선생님이 되겠다는 시숙의 꿈은 일 년 연기되었다. 오빠의 약국 영업이 생각만큼 잘 되지 않아 한 해 더 꿈을 간직하기로 결정되었단다. 시숙은 울지 않았지만 이동은 시숙의 울음소리가 가슴에 울렸다. 시숙은 이동에게 기대지 않았다. 내년에는 꿈이 이루어질 것이라고 이동이 위로해도 시숙은 반응이 없다. 두 사람은 기도하지 않았지만 말없이 강단 위의 십자가를 한동안 바라봤다.

시숙이 점심 보따리를 꺼내들었다.

삶은 달걀과 소금장. 깨가 발린 주먹밥과 사이다 한 병이 두 사람 앞에 차려졌다. 이동은 시숙과 부부가 된 것 같은 감정에 정열의 불덩어리가 목구멍까지 차고 올랐다. 그러나 눈을 감고 목이 메게 삶은 달걀을 삼켰다.

정열의 불덩어리에 기름을 부어서는 안 된다. 사랑의 꽃을 피우기에는 아직 많은 시간이 필요하다. 이동은 긴 기다림의 결과를 알 수 없었고 두려웠다. 사이다의 기포가 시숙의 코를 자극하여 얼굴을 붉혔다. 이동은 시숙의 어깨를 두 손으로 감쌌다. 정열의 불덩어리가 터지지 않을 만큼. 두 사람은 마지막 기도인 것처럼 말없이 마주보다 교회를 나섰다. 이동은 입구 헌금함을 바라보며 다음에는 교회 사용료를 내어야겠다고 마음먹었다.

초소로 돌아오는 둑길아래 갯벌에 조개 캐는 사람들로 눈부신 모자이크가 만들어졌다. 공동바래 때면 볼 수 있는 광경이다. 마을 어촌계에 소속된 집에서는 의무적으로 조개잡이에 나서야 한다. 공동의 이익을 위해서다. 서이동의 눈길도 조개 잡는 사람들의 손길처럼 바빠졌다. 엉덩이를 위로 올리고 머플러를 휘날리며 갯벌을 파헤치는 아가씨들의 모습은 상상만으로도 발걸음이 하늘을 찬다. 이 날이면 초소 대원들도 고참 졸병 없이 갯벌로 빠져든다.

서이동이 초소로 걸음을 재촉하는 다릿가에서 말을 거는 사람이 있다.

"오늘 바래하는 모양이지?"

마흔 중반의 아주머니다. 마을 다릿가 첫 집이다. 혼자 산다. 키도 크고 얼굴도 못 생기지 않았다. 과부라고 하는데 서이동도 더는 모른다. 얼마 전까지 자신의 집에서 주막처럼 술을 팔았다고 했지만 지금은 드러내 놓고 장사를 하지 않는다. 서이동은 우뚝 서서 아주머니를 바라보고 웃으며 자신의 감정을 감췄다. 아주머니의 다음 말을 기다리며 걸음을 멈추었다. 아주머니는 이 마을에 어울리지 않게 차림새와 용모에 표가 난다. 아주머니는 서이동에게 반가운 표정을 지었다. 서이동은 아주머니의 표정을 살피며 천천히 걸었다.

"이 아주머니는 정보원이다."

소대장의 관심을 사기위해 웃음과 소문을 함께 제공하는 여인이다. 다음 소대장도 이 여인의 손길을 피하기 어려울 것이다. 봄바람에 살랑이는 아가씨들의 머플러를 잡기위해 서이동은 바다에 빠질 듯 둑길을 뛰었다.

제대를 한 달 앞둔 고상경도 바닷가로 나왔다. 오늘은 옆 동네 아가씨들도 머플러를 날리며 바구니를 채운다. 고상경은 시찰하듯 이곳저곳을 돌아다녔다. 이제 이 바닷가도 마지막이라는 듯 썰물의 파도 같은 미소를 지으며 아가씨들의 바구니를 기웃거린다. 옆 동네 아가씨들은 학촌 아가씨들과는 거리를 두었다. 고상경은 옆 동네에서 온 진달래 빛 머플러의 아가씨에게 다가갔다. 갯벌은 뛰어다니는 곳이 못 된다. 진달래 빛 머플러의 아가씨는 조개바구니를 고상경이 보도록 방해하지 않았다. 고상경은 조개바구니 옆에 쪼그려 앉았다. 진달래 빛 아가씨의 엉덩이가 고상경의 머리맡을 오간다. 고상경은 쉴 새 없이 말을 붙인다. 진달래 빛 머플러의 아가씨는 호미로 부지런히 갯벌을 파헤친다. 바닷물이 밀려들면 대화는 끝난다. 진달래 빛 머플러의 아가씨는 고개를 들어 바닷물을 노려보곤 했다. 바닷물이 물때에 맞추어 갯벌을 채우기 전에 고상경은 수평선을 바라보고 크게 웃었다. 석양이 갯벌의 모자이크를 한 가지 색으로 만든다.

서이동은 저녁식사 후 소대장에게 시숙의 오빠 류시국과 강인종에 대하여 알아봐 달라고 부탁했다. 다음 날 오후 삼천포 경찰서에 다녀온 소대장이 말했다.

"강인종이는 월북했고 류시국이는 깨끗해……."

서이동은 소대장에게 류시국에 대하여 더 이상 설명하지 않았다.

갯벌에 다시 바닷물이 가득한 날 밤에 진달래 빛 머플러의 아가씨는 고상경이 근무하는 탐조실을 찾았다. 탐조실은 고상경의 서재나 다름없다. 고상경은 오늘 밤도 변함없이 탐조실 전반 근무자다.

사랑의 힘은 국경도 없다드니 진달래 빛 머플러 아가씨는 십리길 옆 동네에서 혼자 왔다. 오로지 바다를 비추는 탐조등 불빛을 등대 삼아 수평선에 퍼지는 고상경의 웃음소리를 생각하며 밤길을 걸었다. 탐조등은 길을 잃지 않을 만큼의 간격으로 해안선을 비추었다. 진달래 빛 머플러 아가씨는 탐조등 불빛이 스칠 때마다 눈빛을 밝혀 탐조등 불빛에 보탰다.

탐조등을 밝히는 방위병들은 불타는 카-본 봉의 열기를 피하려고 하복부를 뒤로 뺐다. 그러나 진달래가 피어도 한밤의 갯바람은 차다. 불 꺼진 반사경 뒤의 온기를 하복부로 느끼며 두 방위병은 서로 걱정했다.

"탐조등 많이 돌리면 정자가 죽는다는데……."

최고참 대원의 근무지답게 탐조실 주변은 고요하다. 고상경은 책을 펼치고 제대 후의 계획과 실천에 젖어있다. 바다는 밤을 어루만진다.

폭우가 내리듯 한 방위병의 움직임과 수하 소리에 고상경은 벌떡 일어섰다. 아닌 밤중에 홍두깨라더니 그의 앞에 나타난 진달래 빛 머플러의 아가씨를 보고 고상경은 선택할 수 없는 소리를 질렀다.

"오! 정자가 원일이고?"

님만 보고 달려온 오정자는 갯벌에 빠지듯 고상경에게 몸을 던졌다. 고상경은 머릿속이 갯벌로 가득 찼다.

그 날 밤 고상경은 도망쳤다.

자신의 인생을 망치지 않기 위해 갯마을 처녀를 탐조실에 혼자 두고 달아났다. 님 잃은 사랑을 훔치려 탐조실 후반 근무자가 오정자에게 덤벼들었다. 오정자는 님을 찾아 오밤중에 숲속을 헤맸다. 발바닥이 터지도록 산길을 달렸다. 새벽이 되어

서야 초소 간이화장실 옆 교통호에 도착했다. 그곳에는 방위병 대기실이 있다. 대기실은 비었다. 오정자는 안도의 한숨을 쉬었다. 여기까지 오는 데 세 시간 반이 걸렸다. 탐조실에서 초소까지 거리는 산길을 돌아도 오백 미터가 겨우 된다. 차가운 대기실 방바닥에 엉덩이를 붙이고 허리를 펴는 순간 또 다른 국방색 제복의 남자가 오정자에게 덤벼들었다.

서이동은 초소 후반 근무였다. 파도 소리 사이로 바람이 지나가듯 들려오는 깡통 소리에 몸을 일으켰다. 초소 마당에 서서 주위를 살폈다. 교통호에 설치한 설렁줄이 흔들린다. 서이동은 흔들리는 설렁줄 방향으로 천천히 움직였다. 두려움보다 신기함이 앞섰다. 이론적 설명은 들어도 아직까지 경계근무 중에 설렁줄 흔들리는 소리를 들어보지 못했기 때문이다. 설렁줄이 흔들리는 지점을 확인하고 방위병 대기실 옆 교통호로 내려서자 한 아가씨가 튀어나오며 외쳤다.

"살려 주세요!"

서이동에게 달려 온 아가씨는 오정자였다. 국방색 등을 보이다 돌아선 남자가 서이동에게 경례를 한다.

"충성."

경례를 하는 이남길은 서이동보다 두 기수 아래다. 흥분된 얼굴로 멍하니 서있는 이남길의 눈빛 -덩굴째 굴러온 호박을 요리하다 중단된 기분- 이 안타깝게 보인다. 오정자는 구원자를 만난 듯 서이동에게 그동안의 고난과 설움을 터뜨렸다.

"이거 보세요?"

오정자는 두 발을 들어 양말을 뚫고 나온 발바닥을 차례로 들어 보이며 서이동을 붙잡았다. 오정자는 맨발이었다. 풀어진 오정자의 옷자락을 보며 팽창된 열정을 삭이지 못한 이남길이 바삐 돌아서지 못한다.

"군복만 보면 무서워요."

오정자는 첫차를 타기위해 정류소까지 바래다주는 서이동에게 말했다. 서이동은 오늘 삼천포로 외출허가를 받았다. 오정자는 서이동의 오른쪽 길가를 조심스레 걸었다. 서이동은 오른쪽 뺨에 난 자신의 흉터가 더 날카롭게 느껴졌다.

초승달 같은 흉터는 초등학교 4학년 봄 소풍 때 생겼다. 그때 '타잔' 연속극이 한창 인기 있을 때였다. 반장인 서이동은 대웅전 앞뜰에 친구들 중 제일 앞에 서 있었고 타잔 흉내를 낸 친구는 대웅전 축담에 새끼줄을 던져 걸었다.

"와우- 와우- 와-."

타잔 흉내를 내며 대웅전 축담을 오르던 그 친구가 중간에서 떨어졌다. 엉덩방아를 찧은 곳이 서이동의 머리맡이었다. 서이동은 짚고 있던 대나무 막대기에 찔렸다. 대나무의 끝은 비스듬히 잘려있고 구멍이 나 있었다. 순간 죽창으로 바뀐 대나무 막대는 서이동의 입술 오른쪽 옆 아래에 초승달 같은 자국을 남겼다.

오정자는 경계하듯 서이동을 히끗히끗 쳐다보며 걸었다.

"제가 다음 바래 때 굴 한 바께스 보내드릴게요."

서이동은 고맙다고 말했지만 오정자를 쳐다보지 않았다. 오정자는 해 떠오르는 바닷가를 바라보며 서이동에게 인사했다.

"그 사람은 법 없이도 살 수 있는 사람입니다."

그 사람은 군복을 입은 탐조실의 고상경이다. 서이동은 오정자에게 잘 가라는 말을 하지 않았다. 고성읍으로 가는 차가 먼저 온다.

─이 미친놈들. 손가락 한 번 까딱한 거리가 얼마나 되는지 알기나 알고 지시하는 거냐? 기다려 봐라.─

큰 소리 친 고상경의 예언은 고상경이 제대한 후에 실현되었다. 사리 물 때에 맞추어 이 미친놈에 해당되는 높은 사람이 또 한 번 초소 신축지 시찰을 왔다. 계급은 총경이다. 그는 물 빠진 바닷가를 바라보고 손가락을 까딱하며 탐조실을 향해 소리쳤다.

"신축초소는 여기보다 저기가 적격이야."

대원들은 다시 지게와 바지게의 어깨끈을 조였다.

블로킹

상경 조운영이 반대편 바다를 보고 스파이크를 날린다.

"에잇 샤-."

서이동과 김태성이 반대편 코트에서 폴짝거리며 블로킹을 섰지만 배구공은 김태성의 손끝을 스치며 마당에 튕겨져 교통호 쪽으로 날아간다. 교통호를 넘어가면 바다다. 김태성이 탄성을 지르며 뛰어간다. 조운영이 코트 반대편에서 소리친다.

"아이고, 그것도 못 받나?"

조운영은 침이 흐를 듯한 구강구조로 미소를 지으며 김태성이 공을 주워오기를 기다린다. 조운영은 초소의 최고참 초소장이 되었다. 분대장도 자신보다 한 기수 낮은 특경이다.

소대장도 바뀌었다. 새로운 소대장은 양산 경찰서에서 왔다고 했다. 이 소대장도 전번 소대장처럼 키도 크고 인물이 좋다. 전번 소대장은 열심히 담배를 빨았지만 한 갑을 다 태우지 못하고 남은 담배를 서이동에게 주고 갔다.

조운영은 최고참이 되어 제일 먼저 배구네트를 걸었다. 웬일인지 소대장도 조운영의 행동에 블로킹을 하지 않았다. 조운영은 시간만 나면 배구네트가 쳐진 마당으로 대원들을 불러냈다. 조운영과 토스를 올리는 대원이 한 편. 서이동과 김태성이 한편이다. 조운영은 마당 안쪽 바다를 향한 코트에서, 서이동 편은 바다를 등지고 산 쪽으로 공격하는 위치다. 조운영 쪽 코트에는 깨끗하게 제거하지 못한 황토석이 있어 반대편 코트보다 조금 기울어지듯 높다.

조운영은 고등학교 때 배구팀 후보 선수였다. 그 한이라도 풀려는 듯 바다를 보고 사정없이 공을 때렸다. 서이동과 김태성은 조운영의 공을 막기 위해 부지런히 블로킹을 했다. 조운영은 키가 180센티미터에서 1센티미터가 더 있다. 서이동과 김태성은 170센티미터도 안 된다. 김태성은 자신이 서이동보다 크고 170센티미터가 된다고 우겼지만 정확히 170에서 2센티미터가 모자란다.

서이동과 김태성은 교대로 폴짝거리면서 조운영의 공이 손에 걸리기를 바랐다. 조운영의 스파이크 한 공이 바로 바닥에 떨어지면 튀어 올라 바다에 빠질 수 있다. 바다에 빠지면 공을 건져 올리는 일도 김태성이 담당이다. 김태성은 공의 착지 이후까지 그려가며 블로킹을 섰다. 블로킹 실패로 공이 바다에 빠진 일은 여러 번이다. 벚꽃이 피어도 바닷물은 차다. 김태성은 벌써 두 번이나 바다에 들어갔다. 물속에 몸을 넣지 않으려고 장대를 여러 개 이어 공을 건지려했지만 장대는 끝까지 둥근 공을 물위에서 돌리기만 했다. 뒤를 돌아보며 바다 속으로 들어가는 김태성을 지켜보는 서이동도 추위에 떨었다.

조운영의 스파이크를 막지 못해 바다에 빠진 다음 날 김태성은 외출을 신청했다. 해질녘에 귀대한 김태성이 저녁 식사 후에 서이동을 식당 옆 빈터로 불러냈다. 어둠이 자리 잡기 시작한 시간이다.

"서일경 님. 오늘부터 배구 연습합시다."

김태성이 배구공을 하늘로 던져 올리며 서이동에게 준비하라는 신호를 보낸다. 두 사람은 서로 공을 주고받았다. 어둠 속에서 도망가는 배구공을 찾는 시간이 연습시간보다 더 많다.

조운영은 90cc 오토바이를 구입하여 몰고 다녔다. 외출도 하루 걸러 나갔다. 소대장은 말이 없다. 조운영은 제대 후에 멸치 정치망 허가를 얻기 위해 다닌다고 했다. 조운영의 삼촌이 도지사가 되었다는 소식을 대원들은 조운영의 입에서 들었다.

새 소대장은 전임 소대장보다 능력이 있었다. 담배도 피우고 간혹 약주도 한 잔씩 했다. 그러나 새 소대장도 전임 소대장처럼 전화통 앞에서는 고개를 떨구었다.

"아. 나. 삼천포서 정보과장이요. 우리 조카 이남길이 거기 근무하는 데 잘 좀 봐 주시오."

소대장이 하는 말은 정해져 있다.

"아- 예- 예-."

소대장은 계급장에 이파리 세 개. 전화하는 사람들은 계급장에 무궁화를 달았다. 스스로 '추풍낙엽'이라 자위해도 어깨위의 낙엽이 바스러지는 실수는 하지 않아야 한다.

"아. 여보세요. 여기 치안본부 ○○○입니다. 소대장님 되세요? 나, ***이 형님입니다. 우리 ***이 잘 부탁합니다."

소대장의 대답은 오래 된 녹음기보다 더 늘어진다.

"아- 예- 예-."

전화만 받으면 소대장의 얼굴은 붉어졌다. 전령이 서이동에게 말하지 않아도 알 수 있다.

전화를 길게 받지 않은 날도 소대장은 약주에 얼굴이 붉어지곤 했다. 술을 먹은 곳은 구판장이 아니다. 소대장의 얼굴이 자주 붉어지더니 전령이 서이동에게 도움을 청했다.

"소대장님 부인이 이곳으로 이사 오신답니다."

소대장이 어디에서 얼굴이 붉어지는 지는 구판장의 강복길이 서이동에게 알려줬다. 다리 난간을 잡은 서이동이 마을을 뒤돌아본다.

류시숙이 진달래 빛 원피스를 펄럭이며 서이동에게 면회 온 뒤로 강복길의 눈초리는 다시 겨울로 돌아간 듯 찬바람이 불었다. 서이동은 구판장 방문을 조심했다. 자신을 쏘아보는 강복길의 솟아오른 양볼과 물기와 냉기가 어린 눈동자를 마주치면 괜히 죄스러웠다. 뭔가 터질 것 같은 예감이 서이동의 가슴에 마을 냇물처럼 흘렀다. 서이동은 출근하는 방위병들의 입을 쳐다봤다. 혹시 강복길의 연락을 담당할 방위병이 이번에는 누구일까? 서이동의 기다림은 오래가지 않았다. 강복길의 복심은 다른 동네 방위병을 통하여 전달되었다.

-아버지가 할 말이 있음. 연락 바람.-

서이동은 예상 밖의 내용에 혼란스러웠다.

'집 안에 무슨 일이 있는가? 농사일인가?'

서이동은 못내 궁금했다. 강복길의 집에는 어장도 없다. 강복길의 아버지와 대화한 적도 없다.

'어른이 만나자는 데 젊은 사람이 이유 없이 거절할 수 있느냐?'

서이동은 강복길의 아버지와 나눌 여러 가지 대화에 대한 시나리오를 만들어 봤으나 엄숙과 침묵만이 떠올랐다.

그 날. 강복길과 만나기로 약속한 날. 봄비에 벚꽃이 무수히 떨어져 땅바닥에 류시숙의 원피스가 펼쳐진 듯한 밤. 서이동은 근무지를 이탈하여 옆 마을로 가는 길 안쪽 강복길의 집에 도착했다. 서이동은 강복길의 아버지를 어서 만나고 매복호로 돌아가야지 하는 생각뿐이었다. 매복호는 옆 마을로 가는 고갯마루다.

서이동은 열린 대문을 조심스럽게 통과하여 마당에 들어섰다. 큰방에 불이 없고 옆방에 불이 켜져 있다. 강복길네는 네 식구가 산다. 아버지, 어머니와 막내아들이다. 부모님은 연세가 육십이 넘었다. 복길이 언니가 있다고 하는데 아무도 이야기하는 사람이 없다. 소문에 복길이 언니는 달밤군대원과 눈이 맞아 도망갔다고도 했다. 그 당시에는 순경이 분대원이었다.

서이동의 인기척에 방문이 열렸다. 서이동은 철모를 벗어들고 고개를 숙여 방안으로 들어갔다. 안쪽 백열등 아래 강복길이 혼자 앉아있다. 백열등은 장판색깔을 잘 닦은 어금니 빛깔처럼 만들었다. 강복길은 미소도 없이 서이동을 맞아 들였다. 방바닥이 따뜻하다.

'아차!'

서이동이 강복길의 유혹의 함정에 빠졌다고 느꼈지만 이미 늦었다. 방 안은 포근해서 총과 탄띠가 벌써 방바닥에 풀어졌고 강복길의 끈적한 애정의 거미줄이 서이동의 행동을 느리게 했다. 서이동은 머리를 굴렸다.

'항복하느냐? 물리치느냐? 아니면 휴전하느냐?'

서이동이 어떤 선택의 행동을 취할 새도 없이 강복길의 손과 혀가 애정을 쏟아낸다. 서이동은 눈을 감았다. 자신을 구할 사람은 자신뿐이다. 적군은 항복을 요구한다. 서이동은 자신의 정열이 새어나가 임신이라도 될까봐 밤새도록 심신을 곧추 세웠다.

조운영 상경의 요구에 방위병들이 무너졌다.

퇴근하고 막걸리 내기 배구시합을 한판 하기로 약속한 것이다. 조상경의 침이 흐를 듯한 구강구조에서 미소가 번졌다. 오리 넘게 뛰어야 다다르는 큰길가 초등학교 운동장. 조상경은 앞장서서 뛰었다.

"빨리 가자. 그래야 방위병들이 제시간에 집에 갈 거 아니가."

조상경은 방위병 걱정까지 해가며 연신 침이 흐를 듯한 구강을 다물지 못한다. 오늘은 일요일이다.

배구시합은 조상경의 제안대로 결정되었다. 조상경 팀과 서이동 팀의 대결로 이루어진다. 팀 구성원도 조상경이 한다. 대결방식은 3세트를 한 시합으로 정하고 합의에 따라 추가시합을 할 수 있다. 진 팀은 막걸리 한 말과 안주(두부 또는 대체 식품)다.

조상경은 팀 구성원을 선택했다.

"어이, 학교 다닐 때 배구 해본 사람?"

방위병 중에서 두 명이 손을 들었다. 한 명은 초등학교 때 선수였고 또 다른 방위병은 중학교 때 선수였다고 한다. 한 명은 키가 조상경보다 더 크다.

"니는 토스하고 니는 이쪽에서 막고……."

조상경의 지시대로 선택된 조상경 팀이 북쪽 코트에 자리했다.

"너거는 다- 저쪽으로 가-."

조상경이 키 작은 방위병들을 남쪽 코트로 몰아내면서 서이

동을 힐끗 본다. 미안한지 침이 흐를 듯한 구강구조가 벌어지
지 않았다.

바다를 등진 남쪽 코트의 네트 오른쪽에 김태성이 두 손을
들고 뛰어 본다. 하나마나 한 시합이지만 김태성은 기분이 좋
다. 오늘 조상경이 아무리 강하게 때려도 공은 바다에 안 빠
진다. 김태성은 파이팅을 외치며 뒤로 돌아서서 서이동을 보
고 웃는다.

조상경이 네트를 당겨보며 컨디션을 조절한다. 심판으로 지
목된 방위병이 조상경의 눈치를 보다 시합 개시구호를 외쳤다.
그래도 시합이다. 남쪽 난쟁이 코트의 선수들이 둘러서서 손뼉
을 치고 파이팅을 외친다. 북쪽 코트도 둘러서서 손뼉을 치고
파이팅을 외쳤다. 북쪽 코트 선수들의 손이 커서 그런지 손뼉
소리도 훨씬 우람하다.

북쪽 코트의 선공이다.

서브를 받으려 허리를 굽힌 남쪽 코트 선수들의 모습이 진지
하다. 서이동은 헛웃음이 나왔다. 자신의 팀에서 김태성이 제
일 장신이다. 아무도 공격할 사람이 없다. '어이샤-'를 외치는
김태성이 혼자 바쁘다.

조상경의 스파이크, 김태성의 블로킹, 박수소리, 조상경의 환
호, 그리고 또 조상경의 스파이크, 김태성의 안타까운 블로킹.
서이동은 즐거워하는 조상경을 보지 않고 땅만 바라봤다. 막걸

리 주전자와 두부 접시가 어지럽게 오간다.

첫 세트는 예상대로 서이동 팀이 졌다. 그래도 남쪽 코트에서 여섯 점이나 땄다. 그게 다 김태성이 고함 덕분이다. 코트를 바꾸어 두 번째 세트가 진행되었다. 혼자서 스파이크를 구가하던 조상경의 공이 네트에 자주 걸렸다. 그럴수록 서이동이 이끄는 난쟁이 팀의 퍼 올리는 공의 횟수가 많아졌다. 난쟁이 팀이 퍼 올린 공이 조상경 팀 코트로 넘어갈 때는 난쟁이들의 기합소리가 옹차졌다.

"조금- 더 높이 올려봐."

조상경이 침이 흐를 듯한 구강구조를 움직이며 자기 팀 세터를 질책한다. 세터는 말이 없다. 아까도 그 만큼의 높이로 공을 올려 스파이크가 성공했다.

다시 조상경이 몸을 날려 스파이크를 넣었다. 맞은 편 코트의 김태성이 폴짝거리며 두 손을 번쩍 올렸다. 이게 웬일이냐 조상경의 공이 김태성의 손에 맞고 반대편 코트에 떨어진다. 김태성이 산이 울리도록 탄성을 질렀다.

조상경의 구강구조에서 침이 자주 튀기고 조상경 팀의 선수들은 의기소침했다.

"그것도 못 받나?"

난쟁이 팀에서 넘어온 공을 놓친 자기편 방위병에게 조상경이 인상을 찌푸린다. 어느새 스코어가 동점이 되었다. 난쟁이 팀은 시끄럽다. 김태성이 새끼 찾는 어미오리마냥 꽥꽥거린다.

"좀 더 높이 올리란 말이다."

조상경의 불만은 욕설 문 앞까지 왔다. 스코어는 역전됐다. 두 점만 지면 2세트는 조상경 팀이 뺏긴다. 슬픈 얼굴의 세터가 최선을 다해 토스를 했다. 조상경이 스파이크를 했지만 공은 다시 돌아왔다. 난쟁이 팀의 고함소리가 학교에 메아리친다.

조상경 팀의 수비수가 열심히 받았지만 긴장했는지 공이 옆으로 튄다. 옆으로 튄 공을 다른 방위병이 잽싸게 달려가 조상경 앞으로 올린다. 너무 힘이 많이 들어간 공이 조상경을 지나 네트 설치대를 넘어 밖으로 떨어진다. 조상경의 눈동자가 고정되고 구강구조가 확장되었다. 침이 흐르는 가 했더니 저음과 고음이 차례로 나왔다.

"이 새끼들, 박아!"

조상경 팀 방위병들이 배구코트에 꼬부라져 심어졌다. 난생 처음 겪는 일이다. 학교운동장에는 숨소리도 끊어졌다. 조상경도 표정관리가 안 된다. 그래도 결판은 내어야 한다.

3세트는 처음부터 싱거웠다. 김태성이 꽥꽥거리지 않아도 난쟁이 팀 코트 땅바닥에 공이 떨어지지 않는다. 조상경은 몇 번 솟아오르지도 못하고 시합은 끝났다. 학교는 일요일이라서 무척 조용하다.

서이동은 막걸리를 좋아하지 않는다. 그러나 그 날은 한 사발 힘껏 들이켰다.

이남길의 버릇없는 언행에 대하여 조 상경이 서이동을 질책했다. 삼천포 경찰서 정보과장이 이남길의 삼촌이다. 서이동은 이남길을 따로 불러 나무라지 않고 야간 점호시간에 언질을 주기로 마음먹었다.

별다른 일이 없으면 야간점호는 생략된다. 그 날은 조상경이 목청을 높여 집합시켰다. 서이동이 보고자다. 조상경은 원론적인 이야기를 했지만 말투는 거칠었다. 조상경이 '충성'을 받고 물러나며 집합의 책임을 서이동에게 넘긴다. 서이동이 앞으로 나섰다. 김태성이 큰소리로 보고를 한다. 서이동은 김태성 옆의 이남길을 쳐다봤다. 이남길은 짜증스런 표정이다. 보는 사람의 기분이 즐겁지 않다. 누구 때문에 집합이 이루어지고 잔소리가 나오는지 분위기를 보면 대부분 눈치 챈다.

서이동은 구타를 좋아하지 않는다. 서이동은 방위병에게도 개인적으로 반말을 쓰지 않았다. 오늘 조상경의 언질은 구타다. 그것도 이남길에 대한 분명한 책임추궁을 강요한 것이다. 서이동은 군기확립에 대한 잔소리를 강조하며 망설였다. 때릴 것인가? 말 것인가?

조상경은 내무반에서 귀를 세워 듣고 있다. 김태성은 복창소리를 귀가 아프도록 내지른다. 이남길의 눈동자가 좌우로 움직이며 불안하다. 뒤에 선 방위병들은 이유 없이 더욱 불안하다.

-전원 엎드려뻗쳐-

모두가 예상했던 말이 서이동의 입에서 떨어지지 않았다. 서이동은 소총을 들고 대원들 앞으로 다가섰다. 개머리판으로 김태성의 왼쪽가슴을 툭 쳤다.

"옛. 일경 김태성 앞으로 잘하겠습니다."

뻔한 대답이지만 김태성의 목소리가 어색하게 밤하늘을 울린다. 다음 차례를 기다리는 이남길의 눈동자가 불안하게 움직인다.

서이동이 이남길 앞에 섰다. 이남길의 관등성명 복창 뒤에 서이동이 앞으로 잘하라는 뻔한 쓴 소리를 보내고 김태성에게 한 것처럼 개머리판으로 왼쪽가슴을 치려 소총을 내밀었다. 이제 이남길의 두 번째 뻔한 복창소리만 나오면 점호의 목적은 달성된다. 그러나 서이동의 예상과 달리 이남길이 몸을 비틀어 개머리판을 피했다. 총이 허공을 찌르고 서이동은 앞으로 헛발을 짚었다. 당황한 서이동이 몸을 바로 세우면서 반사적으로 이남길의 뺨을 때렸다.

"이 자식이-."

화가 난 서이동이 왼손으로 이남길의 오른뺨을 한 대 더 때렸다. 이상하게 된 점호 분위기에 침묵이 어둠보다 무겁게 마당에 내려앉는다.

"점호 끝."

서이동이 내기 싫은 목소리를 억지로 끄집어내듯 땅바닥으로 소리를 뱉었다.

서이동은 말없이 자신의 근무지로 향했다.

오늘 근무지는 제일 먼 매복호다. 물이 들어 바닷가로 가지 못하면 이십 리를 돌아가야 한다. 대원들이 서이동에게 '충성' 소리치며 경례를 한다. 서이동은 뒤돌아보지 않았다. 서이동의 조원 방위병이 종종걸음으로 서이동의 뒤를 따른다.

둑길로 연결된 섬의 내리막. 이남길이 서이동의 뒤를 천천히 따랐다. 서이동은 앞만 보고 걸었다. 둑길에 들어서자 양쪽에서 파도가 소리치며 달려든다. 어둠을 머금은 바다가 기분 나쁘다. 서이동이 파도 소리가 아닌 다른 소리를 감지한 순간 방위병이 서이동을 힘껏 밀었다. 서이동은 총을 땅에 떨어뜨리고 바다로 미끄러졌다.

-탕-

서이동은 돌부리를 잡으려고 손을 움직였지만 잡지 못하고 둑길의 축대에 걸렸다가 바다로 빠졌다. 파도 소리 너머로 이남길의 울부짖음이 들렸다.

"야-이 씨발-. 내- 억울해서 못산다."

서이동을 향해 총을 쏜 이남길이 철모를 땅에 내동댕이쳤다. 서이동은 자신의 몸을 살폈다. 피나는 곳은 없다. 아직 죽지 않았다. 둑길 아래 바위틈으로 바닷물이 차고 오가는 소리가 공포감을 불러일으킨다.

대한민국 만세

주말이면 학촌마을로 들어오는 승합차 한 대가 있다.

승합차가 오는 날은 학섬에서 밤낚시가 이루어졌다. 주말과 공휴일에는 해안초소에 특별경계강화지시가 떨어진다. 그런 날 밤에 초소 정면의 학섬에서 밤새도록 불빛이 깜박인다. 경계강화지시에 의하면 그런 불빛은 확인하고 적법하게 처리되어야 한다.

서이동이 마을 사람들에게 야간에 낚시꾼들을 무인도로 실어주지 말라고 부탁했지만 소용없었다. 낚시꾼들은 총보다 더강한 돈을 가지고 있었다. 마을 바로 앞. 노를 저어도 십 분이걸리지 않는 거리의 섬에 두어 사람 실어다 주면 뱃삯이 이만원이다. 이만 원이면 특경 월급의 두 배다.

봄비가 세차게 내린 뒤의 주말이다. 서이동은 밥쟁이와 함께 구판장에 다녀오다 승합차를 만났다. 짙은 청색에 먼지가 묻은 승합차 뒷면에 글자가 있다. 영어로 쓰였다. 서이동이 밥쟁이에게 물었다.

"저게 무슨 뜻이고?"

밥쟁이는 대학 4년을 마치고 입대한 늦둥이다.

"유나이트 스테이트…… 뉴스 페이퍼."

밥쟁이는 서이동을 쳐다보고 얼굴을 붉히며 설명한다.

"그러니까- 우리말로 하면 '성조기 신문사'라는 뜻-입니다."

머뭇거리며 답변하는 밥쟁이를 보고 서이동이 웃으며 물었다.

"그런 신문사가 있나?"

밥쟁이는 머리를 긁적이며 대답했다.

"모르겠습니다."

앞을 바라보던 서이동이 초소 입구 언덕 밭고랑에 서있는 할머니에게 인사했다. 할머니가 인사를 받았지만 밥쟁이를 쏘아본다. 서이동이 발걸음을 빠르게 한다. 할머니가 눈빛을 쏘며 말하지 않아도 서이동은 벌써 알고 있다.

"우리 밭의 정구지는 자라지를 않아. 비가 오면 키가 두 배는 되어야 하는데. 올봄 내내 키가 똑같아."

할머니의 눈빛을 감지한 밥쟁이도 걸음이 빨라졌다. 서이동은 웃음을 참기위해 입맛을 다셨다.

-정구지 부침개는 어제 저녁에도 먹었고 오늘 아침에도 먹었다.-

달밤군대 109

봄이 가고 여름이 와도 '성조기 신문사' 승합차는 주말이면 초소 입구 바닷가에 도착했다. 그리고 학섬에서 초소를 바라보고 불빛을 반짝이며 밤낚시를 즐겼다.

그 날은 현충일이 낀 주말이었다. 승합차가 오는 것을 확인한 서이동이 총을 꺼내들었다.

"이 자식, 이거- 손 좀 봐야겠다. 태성아. 같이 가자."

소대장은 이상한 사람이 아니라고 말렸지만 서이동이 우겼다.

"마을 사람들에게 경고도 할 겸 검문 한 번 하겠습니다."

서이동은 김태성을 데리고 승합차가 도착한 바닷가 집으로 내려갔다. 승합차에서 내린 사람은 남녀가 짝을 이루어 모두 네 명이었다. 회색운동복을 입고 서이동에게 답변하는 남자는 체격이 보통을 넘었다. 그 남자는 서이동의 검문에 가소로운 듯 자기들끼리 웃음을 주고받으며 대응했다. 예상치 못한 피검문자의 태도에 서이동은 소대장의 웃는 모습이 떠올랐다.

"소지품 검사 좀 해야겠습니다. 자동차 문을 열어주십시오."

승합차 안에 낚시도구는 보이지 않고 테니스라켓과 공이 쏟아졌다. 서이동은 화가 났다.

'그럼 밤새 학섬에서 불 켜놓고 저희들끼리 노닥거렸단 말 아니냐?'

서이동이 굳은 표정으로 회색운동복의 남자에게 신분증을 요구했다. 그 남자는 별 대수롭지 않은 표정으로 신분증을 내밀었다. 서이동이 신분증을 낚아채곤 목청을 높였다.

"같이 갑시다. 신원 확인을 해야겠습니다."

여유를 보이던 그 대표 남자는 얼굴색이 달라졌다.

테니스라켓을 신고 여인과 함께 밤낚시를 즐기던 마흔 중반의 남자는 학섬초소 소대장실에 구금되었다. 서이동이 전화를 돌려 네 시간 반 만에 확인한 그 남자의 신원은 진해 해군사령부 군무원이었다.

낚시하기에 물때가 좋은 그 다음 주말에 '성조기 신문'을 배달하는 승합차는 학촌에 오지 않았다.

여름방학이 되면 바닷가에는 손님이 많다.

텐트를 지고 낭만을 찾는 젊은이. 수평선을 바라보며 꿈을 꾸는 여인들. 파도를 헤치며 호연지기를 가르치는 아버지와 아이들. 그러나 이들이 바닷가 외딴 곳에서 불을 밝히고 밤을 지새우면 서이동의 눈에는 간첩처럼 보였다. 달밤군대에 근무하면서 생긴 병인지 반공교육 때문에 생긴 증상인지 서이동은 알수 없었다.

아무튼 젊은 남녀들은 텐트 하나로 자신들만의 천국을 만들고 싶어 했다. 텐트를 짊어진 젊은 남녀들은 왕왕 초소에 찾아와 하룻밤 묵을 곳이 어디가 좋은지 묻는다. 초소 대원들은 웃으면서 가리켜준다. 양쪽에 바위가 있고 그 사이에 적당한 자갈이나 모래가 있는 해변을 친절하게 알려준다.

젊은 남녀는 고맙다고 인사하며 그곳으로 간다. 그곳은 매복호와 매복호 사이의 바닷가다. 텐트를 치고 석양 속에서 저녁을 준비하고 파도 소리를 들으며 사랑을 속삭일 때 그곳은 어둠마저 아름다운 천국이 된다. 천국의 유효기간은 짧다. 불타는 젊음이 달아오를 때쯤이면 달밤군 대원들이 텐트를 두드린다. 그들의 안전을 위해서다. 젊은 남녀는 고맙다며 웃는다. 물새가 잠든 어둠 속에서 다시 그들의 사랑을 확인할 때면 또다시 달밤군 대원들이 텐트를 걷어 올린다. 그들의 안전을 핑계한 달밤군 대원들의 질투 때문이다. 젊은 남녀는 웃지 않는다. 밤새 파도 소리만 들어야하는 달밤군 대원들에게 한밤중의 기타소리와 여자웃음소리는 해안선을 우그러뜨리고 싶은 발정을 일으킨다.

호연지기를 가꾸는데 바다만한 곳이 없다.

중학교 1학년 아들을 둔 철수아버지는 여름방학이 되자마자 아들을 데리고 학섬을 찾았다. 로빈슨 크루소처럼 파도치고 외로운 자연 속에서 삶의 고귀함을 가르치기 위해서다.

부산에서 나고 자랐지만 낚시는 해보지 못했다. 그러나 이야기는 많이 들었다. 갯바위에서 물이 들 때 낚싯대를 던지면 고기가 문다. 철수아버지는 4단 낚싯대와 미끼를 사고 고기를 담을 커다란 그물망도 차에 실었다. 부산에 살면서 낚시도 하지 않고 열심히 일한 덕분에 철수아버지는 승용차를 남보다 일찍 샀다.

고성 학촌은 직장부하가 소개했다. 그의 친척이 이곳에서 배를 가지고 생활한다고 했다. 철수아버지는 오후에 학촌에 도착했다. 아들의 호연지기를 가르치기 위한 일념에 일기예보 따위는 안중에 없었다. 로빈슨 크루소도 악조건 하에 이루어진 인물이니까. 일기예보에는 태풍이 온다고 했지만 오전 내내 바람은 거칠게 불지 않았다.

철수아버지 직장부하의 친척은 머뭇거렸다. 요즈음 밤낚시하는 것을 어촌계에서 좋아하지 않고 또 초소에서도 못하게 했다. 철수아버지 직장부하의 친척이 머뭇거리며 대답을 하지 못하자 철수아버지가 큰소리쳤다.

"그러면 저녁에 돌아올 테니 한번만 수고해 주십시오."

철수아버지는 직장부하의 친척에게 사만 원을 내밀었다. 직장부하의 친척은 거절하지 못했다. 이십여 분 고생하고 현금 사만 원을 받는다. 직장부하의 친척은 고개를 숙이고 웃음을 흘렸다.

조그만 배가 통통거리며 무인도로 떠난다. 철수아버지는 뱃전에 서서 갈라지는 바다를 보며 학섬의 숲을 향하여 속삭였다. 이런 기분은 처음이다.

"인생은 도전의 항해다."

학섬에 도착한 직장부하의 친척은 네 시간 뒤에 다시 데리러 오겠다고 약속했다.

철수아버지는 텐트를 치고 낚싯대를 던졌다. 철수도 낚싯대를 아버지 옆에 늘어뜨렸다. 파도는 어린아이가 혀를 내밀 듯 바람에 일렁인다.

"엇. 물었다!"

철수아버지가 팽팽한 낚싯줄의 낚싯대를 끌어당겼다. 그러나 고기는 없다. 철수아버지는 아쉬움의 혀를 차며 낚시 바늘에 지렁이 한 마리를 질컹 꿰어달았다. 희망의 웃음을 보내며 철수아버지는 낚싯대를 저 멀리 깊은 바다로 내던졌다. 파도의 혀끝은 점점 길어지고 거칠어졌다. 그래도 자신의 미끼를 물고 간 고기를 다시 잡을 생각에 철수아버지는 즐거웠다.

"엇. 또 물었다!"

고생 끝에 낙이라드니 철수아버지의 재빠른 손놀림에 낚싯대 끝에 고기 한 마리가 매달렸다.

"우-와. 고기다. 철수야!"

철수아버지는 감격했다. 태어나서 처음으로 고기를 낚은 것이다. 이야기로 듣던. 텔레비전에서나 보던 낚시광경을 자신이 실천한 것이다. 철수아버지는 낚은 고기를 두 손으로 감싸 쥐고 철수에게 보여준다.

입이 작고 뱃가죽이 허연 조그만 고기가 배를 불룩하게 만든다. 철수와 철수아버지는 신기함에 서로 마주서서 한동안 입을 다물지 못했다. 손바닥의 동그란 고기는 입에 거품을 물고 배가 볼록해졌다. 철수와 철수아버지는 배가 부풀어 오르는 고기를 보고 더욱 신기함에 취했다.

배부른 고기 한 마리를 잡은 뒤 입질은 없었다. 철수아버지는 왠지 두려움이 파도쳤다. 해질녘도 아닌데 하늘은 어두워지고 바다는 어린아이 혓바닥 같은 파도를 어른 손바닥 만 한 파도로 만들었다. 철수아버지는 시계를 내려다봤다. 네 시 반이다. 학섬에 온 지 한 시간 반 정도 지났다. 배가 올 시간은 여섯 시다. 철수아버지는 낚싯대를 힘껏 붙잡았다. 파도가 거칠다. 불어 닥치는 바람에 앞을 바라보기 힘들다. 철수아버지는 시계를 올려다봤다. 겨우 십 분 지났다. 마을에서 오는 배는 없다. 철수아버지는 로빈슨 크루소의 이야기를 잊어버렸다. 머릿속에는 파도와 바람이 만드는 어둠뿐이다.

태풍은 일기예보보다 빠르고 크게 왔다.

사만 원을 호주머니에 쑤셔 넣은 철수아버지의 직장부하의 친척은 학섬을 바라보며 한숨을 쉬었다. 자신의 배는 태풍을 이기지 못한다. 그렇다고 사만 원을 돌려주고 싶지도 않다. 그는 어촌계장 집으로 달렸다.

어촌계장은 바깥을 응시하다 전화기를 들었다. 바다 일에 잔뼈가 굵은 사람이다. 바닷가에 가보지 않아도 상황은 짐작된다. 어촌계장은 면장에게 점잖지만 강경한 어조로 부탁했다. 면장이 전화를 끊지 못 하고 자꾸 질문을 한다. 어촌계장의 대답은 변함이 없다.

"면에서 도와줘야 합니다."

면장은 군청내무과장에게 사실을 알렸다. 내무과장의 판단은 빠르게 내려졌다.

"직원 한 명을 현장에 급파해서 상황을 보고하도록 해요."

면장은 사무실을 둘러보고 한 직원에게 소리를 질렀다.

"양 주사. 서류 정리하고 얼른 학촌으로 가서 조난자 구조 해. 자세한 것은 군청에서 지시 오는 데로 처리할 테니 우선 양 주사가 먼저 가서 상황 보고하도록 해."

양주사는 총무계 말석이다. 작년 가을에 신규 발령받은 총각이다. 양주사는 홀터를 정리하여 캐비닛에 넣고 학촌으로 향했다. 일 톤 트럭의 차창으로 빗줄기가 쉼 없이 부닥친다. 학촌에 도착한 양주사는 철수아버지의 직장부하의 친척에게 설명을 듣고 면장의 전화통화지시대로 달밤군대 초소로 찾아가 협조를 구했다.

소대장은 서이동을 불러 양주사의 잠자리와 식사문제를 도와주도록 지시했다. 서이동은 첫 집 아줌마에게 잠자리를 부탁하고 식사는 초소에서 하도록 결정했다. 양주사는 서이동에게 함께 있어주기를 바랐지만 서이동은 양주사에게 초소 내무반에 머무르는 것은 반대했다.

양주사는 혼자 철수아버지의 직장부하의 친척집 평상에서 학섬을 지켜봤다. 파도는 소리를 내지르며 바닷가를 덮치고 바람은 몸을 가누기 힘들도록 불어 닥친다. 이제 태양의 능력도 사라졌다. 학섬에서 신호가 온다. 양주사가 신호에 답한 랜턴을 내던지며 바다를 응시했다.

양주사는 다음 주에 첫 휴가다. 이번 주말 친구들과 만나기로 약속했다. 초등학교 동창생 여덟 명이다. 열차를 타고 동해로 떠날 것을 계획했다. 오늘은 금요일이다. 약속 날짜는 내일이다. 양주사는 고개를 들어 애써 학섬을 쳐다보지 않았다. 태풍의 성질은 죽지 않는다. 새벽 두 시가 지나자 학섬에서 불빛 신호에 반응도 없다.

토요일이다.

큰바람은 지나갔으나 빗줄기와 파도는 여전하다. 양주사는 초소에서 아침밥을 얻어먹고 손으로 비를 막으며 뛰었다. 어떻게 알았는지 신문사 기자들이 온다는 연락이다. 더구나 군수까지 현장을 확인한다는 면장의 다급한 목소리다. TV 방송차까지 학촌에 도착했다. 군수는 망원경으로 학섬을 관찰했다. 숲속 텐트 입구에서 철수아버지가 슬픈 얼굴로 손을 흔든다.

"아직 살아있다!"

군수는 면장과 내무과장을 돌아보며 TV카메라 앵글에 눈을 맞추었다.

양주사는 비에 젖은 옷을 털지도 않았다. 동창생들과 약속한 동해안 여행은 이미 물거품이 되었다. 양주사는 임시 천막의 기둥을 주먹으로 때렸다. 천막지붕에 고였던 물이 한꺼번에 쏟아진다. 물소리에 면장이 양주사를 향하여 인상을 쓴다.

기다리던 시간이 왔다. 태풍이 지나간 자리에 태양이 빼다 박은 듯 학섬 위에 걸렸다. 군수와 TV카메라를 태운 동력선이 학섬으로 출발했다. 양주사도 면장과 함께 배 꽁무니에 앉았다. 숲속 텐트를 박차고 나온 철수아버지가 사람들을 보고 환호성을 보냈다.

"만세. 대한민국 만세다! 철수야 너도 함께 만세 부르자."

철수아버지가 아들의 손을 치켜들며 구강구조를 최대한 확장시켰다.

"대한민국 만세!"

"대한민국 만세다!"

면장과 함께 뒤처리를 담당하는 양주사가 텐트 친 자리에서 발길질을 해댄다.

"무슨 미끼를 이렇게 많이 사 왔노? 어장이라도 할 참이었나?"

양주사는 갯지렁이가 쏟아진 빈 우유 통을 한 번 더 걷어찼다.

군수와 철수아버지가 TV카메라 앞에서 인터뷰를 한다. 방송국 기자가 대한민국 만세 하는 장면을 재연시킨다. 군수와 철수아버지 그리고 철수가 손을 들어 거꾸로 된 팔자를 만들면서 소리친다.

"대한민국 만세!"

"대한민국 만세다!"

말라비틀어진 복어새끼 한 마리와 뒤집어진 미끼통을 정리하던 양주사의 구강구조가 서서히 벌어졌다.

"이이- 개- 새끼."

학섬에 다시 고요가 찾아오자 숲속에서 평화의 소리가 울렸다. 학섬에 사람은 살지 않아도 염소는 살았다.

-음 메에헤-

술 한 잔

추석이다. 소고기 먹는 날이다.

올해는 소고기 국만 있는 게 아니라 소고기 구이도 있다. 서
이동에게 총질한 이남길이 떠난 자리에 진주경찰서에서 대원
한 명이 왔다. 이남길과 같은 기수다. 새로 온 대원은 신고식
때 차석에게 많이 맞았다. 일주일 뒤 그 대원의 아버지가 면회
오면서 소고기를 많이 가져왔다. 이남길은 삼촌 덕분에 영창
을 가지 않고 삼천포 경찰서로 인사발령 났다. 소고기 요리하
는 냄새가 고소하다.

추석 차례 상을 초소마당에 차렸다.

밥쟁이가 말 못하게 바쁘다. 하늘아래 둘러앉으니 노란색 장
판의 식탁보가 금빛으로 눈부시다. 말없는 차례의식이 있고 추
석잔치가 시작되었다.

"차린 것 없지만 많이 드십시오."

밥쟁이가 어색한 웃음을 보이며 인사했다. 분대장 옆에 앉은 조상경이 큰 소리로 고생했다며 위로한다. 밥쟁이가 분대장에게 술 한 잔을 권하고 자리에 앉았다. 김태성이 얼른 일어서서 조상경에게 술 한 잔을 올린다. 분대장이 기분 좋게 술을 마신다. 빈 잔은 자신의 오른쪽에 놓았다. 조상경의 왼쪽이다. 새로 온 대원이 분대장에게 또 한 잔을 권한다. 분대장은 이번에도 기분 좋게 마셨다. 서이동이 조상경을 살폈다. 술잔이 그대로 있다.

소고기 구이 접시는 식탁에 3개 놓았다.

하나는 분대장과 조상경 사이에 있고 두 개는 나머지 대원들 앞에 놓았다. 연거푸 소고기를 집어먹은 졸병들은 눈치를 보며 세 번째는 빈 젓가락을 빨았다. 밥쟁이는 소고기 접시가 멀다. 일어서야 소고기 한 점을 집을 수 있다. 밥쟁이는 여러 번 빈 젓가락을 빨았다. 김태성은 쩝쩝 소리를 내며 젓가락을 자주 놀린다.

하늘은 맑고 바다는 푸르다.

명절을 알리는 마을의 확성기 소리가 흥겹다. 이런 날은 순찰도 무섭지 않다. 대원들은 파도 소리를 들으며 아침을 즐겼다. 분대장은 기분이 몹시 좋다. 대원들이 권하는 술을 거침없이 마신다. 내년 추석은 부모님과 보낸다는 분명한 희망도 있다. 분대장은 대학 2학년을 마치고 입대하여 복무기간이 4개월이나 짧다. 한 기수 높은 조상경보다 먼저 제대한다.

소고기 접시 2개는 비었다.

김태성이 밥쟁이에게 눈짓했지만 밥쟁이는 머리를 긁적이며 더 없다고 말한다. 한 접시는 남았다. 그것도 소고기가 층이 지 도록 남았다. 그 접시는 분대장과 조상경 앞의 접시다. 분대장 이 두리번거리며 자기 앞 접시의 소고기를 빈 접시에 옮기려다 조상경의 눈치를 본다. 조상경이 구강구조를 살짝 변경시켰지 만 찬성의 표시는 없다. 소고기를 옮기려고 일어섰던 분대장이 헛웃음을 보이며 다시 앉았다.

서이동이 조상경의 술잔을 바라봤다. 술잔은 가득 차 있다. 서이동은 조상경의 얼굴을 쳐다봤다. 표정이 굳어있다. 서이 동의 생각이다.

조상경은 덩치에 비해 성격이 소심하다.

그건 서이동이 같이 오래 있어 안다. 마을 아가씨들은 조상 경이 잘 생기고 화통해 보인다고 말했다. 구판장의 강복길도 조상경이 멋지지 않냐고 말할 때 서이동은 대답하지 않았다.

내무반 생활은 숨소리만 들어도 분위기를 감지할 수 있는 곳 이다. 조상경이 자신의 군화를 닦아놓은 날이다. 잘 닦여진 군 화는 코를 반짝이며 조상경 머리맡 건너 내무반 통로에 서 있 었다. 내무반 통로는 두 사람이 걸어 다니기 비좁다. 서이동이 내무반 통로를 지나가다 조상경의 군화를 넘어갔다. 그것도 한 다리만 군화 코끝을 지나갔다. 엎드려있던 조상경이 벌떡 일어나 소리쳤다.

"왜 남의 워카 위를 지나다녀……."

내무반의 조그만 창문으로 정오의 햇빛이 바다에 반사된다.

"다시 닦아 와."

서이동은 군화를 들고 밖으로 나왔다. 이런 일은 그 전에도 있었다. 세탁한 속옷을 걷다가 조상경의 속옷 하나가 바닥에 떨어졌다. 마른 옷이라 티가 묻지도 않았다. 그래도 서이동이 정성스레 털어서 가져갔지만 조상경은 그 속옷만 다시 빨아오라고 명령했다.

조상경은 얼굴에 악기가 있어 보이지 않는다.

얼굴에 흉터도 없고 인상도 나쁘지 않다. 단지 구강구조가 완벽치 않아 말의 표출속도가 일정치 않고 침이 자주 고인다는 것도 함께 오래 있어야 알 수 있다. 그런 면에서 보면 서이동이 더 나쁜 얼굴이다. 서이동의 얼굴에는 흉터가 두 개나 있다. 초등학교 때 친구의 타잔 흉내 실패로 생긴 오른쪽 턱의 죽창자국과 중학교 때 남은 여드름 상처가 왼쪽 뺨에 있다. 첫눈에 봐도 평범한 성격의 사람이 아닐 것이라는 느낌이 든다. 함께 오래있으면 흉터가 희미하게 보일지 모르지만 어쨌든 조상경보다 나쁜 얼굴이다.

추석 태양이 학섬 바위 끝에 올라왔다. 초소 마당 식탁 위로 햇살이 따갑다. 서이동은 조상경의 술잔을 바라봤다. 술이 가득 차 있다. 사람의 마음은 자기 자신도 모를 때가 있다.

오전 취침시간에 내무반에 누웠지만 잠이 오지 않는다. 마을 확성기의 노랫소리가 명절 추억을 불러일으킨다. 대원들은 몸을 뒤척인다. 조상경은 말이 없다.

석양. 점호 직전에 대원들의 집합명령이 떨어졌다. 명령집행자는 조상경이다. 서이동이 보고자다. 차석은 초소 전반 근무로 열외 됐다. 대원들은 영문을 몰랐다. 조상경의 구강구조가 경련을 일으키며 집합 사유가 흘러나왔다.

"너-거들은 나를- 고참으로 생각하지도 않아."

김태성이 눈을 크게 뜨며 서이동을 쳐다봤다. 서이동은 굳은 얼굴로 다음 말을 기다렸다.

"나보다- 기수가 낮은- 분대장술- 넉잔 먹을 때 나는- 한 잔 먹었어, 알겠어?"

조상경은 분대장보다 한 기수 높다. 분대장은 달밤군대근무 중에 하사관 교육을 받은 특경이다. 서이동은 눈을 감았다. 조상경의 구강구조에서 참았던 말이 고르지 않게 튀어나왔다.

"-박-아."

서이동은 머뭇거리지 않고 머리를 땅에 쳐 박았다. 신병 백일훈련 뒤 20개월만의 원산폭격이다. 대원들이 쓴웃음을 짓는다. 서이동은 밥쟁이에게 미안했다.

벌어진 두 다리에 서이동은 힘을 주었다. 가랑이 사이로 보이는 석양이 어머님 얼굴 같고 철모 위로 차고 오른 파도 소리가 친구들의 노랫소리 같다.

SORRY I AM A LADY

추석 다음 날 시숙이 면회를 왔다.

이동은 초소에서 점심을 먹지 않고 학섬 교회로 갔다. 만날 장소와 날짜는 시숙의 편지로 약속되었다. 마을 풍경은 어젯밤 콩쿠르대회 소리처럼 들 떠 있지는 않다. 이동은 시숙을 생각하며 걸었다. 냇물에 하늘의 구름이 거꾸로 흐른다.

냇물이 복개된 땅속으로 사라진 길 가. 이발관 옆에 사람들이 모여 있다. 이동도 걸음을 멈추고 먼발치에 섰다. 이발관 아랫방의 문이 열려있고 안에는 둘러씌운 하얀 천이 보인다. 이발관 사장과 할머니 한 분이 마주보며 이야기를 나누었고 그 보다 젊은 사람은 듣기만 했다. 이동이 이발관 사장에게 인사하고 무슨 일이냐고 물었다. 이발관 사장이 입과 눈썹이 불규칙한 표정을 지으며 대답했다.

"어젯밤에 이 할매가 죽었어."

이동이 고개를 끄덕였지만 적당한 말은 보태지 못하고 사람들의 뒤를 돌아 학섬교회로 걸었다.

길 건너 학섬교회를 앞두고 서이동은 뒤를 돌아봤다. 이발관 앞의 세 사람이 이발관 아랫방을 들락거린다. 서이동은 죽은 할머니가 어떤 사람이라는 것을 알고 있다. 머리를 씻기며 소리친 이발관 사장의 말이다.

"그 할매, 정신대 갔다 왔어."

시숙은 환하게 웃었다. 이동도 밝게 웃었다. 교회 뜰에서 목사부부가 두 사람에게 눈웃음을 보낸다. 이동과 시숙도 나란히 목사부부에게 고개 숙여 인사했다. 목사부부가 마음 편히 시간 보내라며 집 안으로 들어간다.

시숙의 점심은 추석음식에 작은 청주 한 병이 보태졌다. 두 사람은 마음의 양식을 나누는 예배당에서 마주보며 배를 채웠다. 십자가에 박힌 예수그리스도의 표정이 못 마땅한 듯 하기도 하고 모르겠다는 듯 보이기도 한다. 말문을 먼저 턴 건 이동이었다.

"오빠는 사업 잘 돼?"

시숙은 오빠가 지역사회에 도움이 되는 일을 하고자 사회단체활동에도 참가한다고 답했다. 이동은 더 물을 듯이 하다가 입을 다물고 시숙을 쳐다봤다. 시숙이 이동의 눈을 피하며 자신의 계획을 말했다.

"아무래도 대학진학은 어렵겠고, 공무원 시험이나 칠까봐."

이동은 아무 말하지 않았다. 시숙이 이동에게 붙어 앉으며 말했다.

"다음번엔 삼천포에서 만나면 안 돼?"

시숙의 허벅지 열기가 이동의 다리까지 전해진다. 이동이 일어나려 하자 시숙이 끌어 앉힌다. 이동은 자리에 앉아 정면의 십자가를 쳐다봤다. 면회 오지 말라는 말이 목을 조인다. 이렇게 만난다고 사랑이 더 깊어지는 것도 아니다. 그러나 시숙에게 오지 말라는 말은 하지 못했다. 주위가 갑자기 너무 조용하여 창밖에 햇빛 내리는 소리가 들린다. 목사부부의 숨죽인 눈초리를 느끼며 이동은 헌금함에 오백 원을 넣었다.

손을 흔드는 시숙의 눈동자에 빛이 어린다. 먼지를 일으키며 떠나는 버스의 뒷모습이 얄밉지 않다. 이동은 버스가 고개를 넘을 때까지 교회 아래 서 있다가 길을 건넜다. 이발관의 문은 닫혀있다. 사람들이 염을 하고 떠났는지 정신대 할머니의 방문 앞은 깨끗하다.

마을 확성기 소리가 초소까지 넘어온다. 야간 점호를 준비하는 대원들의 눈빛이 마을 쪽으로 향하고 있다. 오늘은 콩쿠르대회 결승전이다. 서이동은 확성기의 노랫소리를 흘려들었다. 오늘 근무는 초소 후반이다. 어제 조상경의 집합 이후 서이동은 매복호 근무를 초소 근무로 바꿨다. 조상경이 근무일지를 들고 대원들에게 소리친다.

"오늘 초소 근무가 서이동인데 좀 바꿔라. 내가 서이동이랑 갈 데가 있다."

마을 옆 매복호 근무자가 총을 내려놓으며 같은 조 방위병을 쳐다본다.

"내. 미안하다. 딱 한 번만 봐 주라."

조상경의 불완전한 구강구조에서 침이 흐른다. 근무지가 바뀐 대원이 말없이 내무반으로 들어간다.

오늘밤은 추석명절잔치의 마지막 날이다. 인근 너 댓개 마을에서 처녀총각들이 구경 온다. 마을 옆 매복호는 구경 온 처녀들의 연정을 공격할 수 있는 천혜의 요새다. 조상경이 몇 번이나 미안하다고 구강구조를 변화시켰지만 뒤바뀐 근무자는 대답이 없다.

콩쿠르대회는 결승전답게 요란하고 찬란했다.

조상경은 서이동의 팔을 끼고 초소에서 마을까지 왔다. 두 사람이 마을에 도착했을 때는 2명의 예선통과자가 노래를 부른 뒤였다. 무대는 구판장 앞 빈터에 차려졌다. 강복길이 시상품을 쌓은 본부석에 앉아 있다.

조상경이 본부석으로 들어가 마을대표를 만나고 돌아왔다.

"서이동이 너 오늘 노래 한 곡 불러라."

서이동이 거절했지만 조상경의 요구는 확실했다. 조상경의 끈질기고 강력한 구강놀림에 마을 대표도 마지못해 허락했다.

조상경은 서이동에게 어서 무대에 올라 노래하라고 재촉했다. 서이동은 준비된 노래도 없고 마음도 정리되지 않았다. 서이동이 머뭇거리는 사이 무대밴드가 서이동을 기다리며 반주를 그쳤다. 마을대표의 재촉과 조상경의 요구에 서이동은 떠밀려 무대에 올랐다.

노래제목을 묻는 밴드에게 서이동은 나훈아의 '녹슨 기찻길'을 말했다. 요즈음 유행하는 노래다. 서이동은 이 노래를 듣기만 했다. 애절하며 구성지게 흐르는 전주에 서이동은 마이크를 꼭 잡았다. 강복길이 눈을 부라리며 시작을 기다린다. 조상경은 서이동에게 어제 아침의 빚을 갚았다고 생각하며 구강구조에서 미소가 흘렀다.

서이동은 첫 박자를 놓쳤다. 전주는 다시 시작되었다. 서이동은 어서 내려가야 한다는 생각만 나고 다음 일은 생각나지 않았다. 서이동이 마이크를 입에 붙였다.

"기찻길 옆 오막살이- 아기- 아기-."

초등학교 때 부른 동요다. 전주가 갑자기 끊어졌다가 심벌즈가 찢어지는 소리를 낸다. 심벌즈 연주자가 서이동을 바라보고 손동작을 크게 하며 외쳤다.

"노래- 좋-타-."

-쿵쾅. 쾅. 쾅. 콰쾅-

심벌즈가 입을 다물고 주위가 조용해졌다.

강복길이 고개를 돌리고 서이동은 무대에서 내려왔다. 사람들의 눈빛과 조명이 모두 서이동에게 쏠렸다. 서이동은 음악이 사라진 무대 뒤를 돌아 나왔다.

오늘 밤 근무지는 마을 옆 매복호다. 서이동이 무대를 벗어나 마을 끝 간척지 둑에 다다르자 마을 청년 세 명이 달려왔다.

"서이동 씨. 이야기 좀 합시다."

마을 청년들은 눈을 흘기면서 감정을 숨기고 있었다. 서이동도 질세라 천천히 청년들을 훑어봤다. 세 사람 중 제일 뒤에 선 청년에게 눈길이 멈춰졌다. 어디서 본 듯한 얼굴이다. 서이동은 청년들에게 "미안하다"고 말했다. 그러나 청년들은 서이동을 용서하고 싶지 않았다. 계속 서이동을 포위하고 코를 불었다. 서이동은 총의 멜빵을 당겨 잡았다. 여차하면 총을 돌려 개머리판으로 공격하기 위해서다. 청년들도 쉬이 공격하지 못했다. 서이동은 뒤로 빠진 청년의 얼굴이 생각났다. 그는 집행유예자다. 그의 사진을 어통소에서 봤다. 서이동은 허리를 폈다. 그리고 집행유예인 청년의 얼굴을 노려봤다. 마을청년들이 공격하면 제일 공격대상은 집행유예자가 될 것이다.

서이동은 그들이 쉽게 공격하지 못하리라 여기고 천천히 몸을 움직였다. 마을 청년들은 분을 풀지 못해 서이동을 뒤따랐다. 조원인 방위병은 이러타 저러타 한마디도 없다. 서이동은 혼자 싸울 것이라 각오했다. 방위병을 쳐다보지도 않고 총의 멜빵을 꽉 잡고 매복호로 향했다. 마을 청년들은 결투를 포기하지 않았다. 마을 청년들이 다시 서이동을 불러 세우고 마주 눈빛을 교환할 때 조상경의 목소리가 들렸다.

"서이동. 기다려-."

조상경과 소대장 전령이 손전등을 켜고 간척지 둑으로 달려왔다.

"오늘 일은 내가 잘못했소. 미안하오."

조상경이 마을 청년들에게 사과하고 신경전은 끝났다.

마을에서 다시 음악소리가 살아난다.

서이동은 매복호 옥상에서 바다를 바라봤다. 바다와 하늘과 땅이 모두 말린 생선 껍질처럼 뿌옇다. 서이동은 하루 내내 마음의 색깔을 찾을 수 없었다. 간간이 밀려오는 큰 파도가 한숨소리를 낸다.

마을 콩쿠르대회 노랫소리가 갈수록 정교해진다. 고개를 넘어 들려오는 마이크 소리가 달빛 속에서 또렷하고 경쾌하다.

-SORRY I AM A LADY-

-SORRY I AM A LADY-

방위병이 머리를 들고 귀를 세운다. 호흡을 죽이고 목소리를 확인한 뒤 소리쳤다.

"하-아- 저거 옥자 아이가?"

방위병이 서이동을 바라보며 자신 있게 말한다.

"저게 어째 저런 노래를 다 부르지?"

신기한 표정을 짓는 방위병에게 서이동이 물었다.

"옥자를 잘 알아?"

방위병이 너털웃음을 치며 설명한다.

"집이 어디냐 하면 어촌계장 집 윗길에 있는데. 가시나 그거는 초등학교 밖에 졸업 안했는데 저런 팝송을 다 부르는 게 신기 안합니까?"

고개를 갸우뚱거리는 방위병의 말끝은 파도와 함께 밀려갔다.

"영어도 모를 낀데……."

이옥자가 부르는 노랫소리에 서이동은 마음이 맑아졌다. 갑자기 한가위 달빛이 밝아지고 몸이 들썩여졌다.

-SORRY I AM LADY-

-SORRY I AM LADY-

산을 흔드는 밴드소리와 마을 사람들의 함성을 마지막으로 콩쿠르대회의 불은 꺼졌다. 보름달도 서산으로 기울어 간다. 구경을 마친 옆 마을 사람들이 삼삼오오 매복호 뒤편 산 고개를 넘는다. 서로 주고받는 목소리와 발걸음 소리가 소나무 사이로 줄을 당기듯 매복호까지 들려온다. 방위병은 먹이를 찾는 고양이처럼 귀를 세우고 숨을 죽인다. 서너 무리의 사람들이 지나갔을까? 고갯길이 조용하다. 방위병이 고개를 갸웃거리며 뒤를 돌아다본다. 파도 소리가 바람소리보다 훨씬 크다. 서이동이 방위병에게 물었다.

"누굴 기다려?"

132

방위병은 웃으며 본색을 드러냈다.

"분명히 지나갈 딸아-들이 있을 낀데……."

방위병이 팔목을 걷어 손전등으로 손목시계를 비춘다. 손목시계의 작은 바늘과 큰 바늘이 똑바로 붙어있지 않고 왼쪽으로 약간 벌어졌다. 둑길을 넘어가는 옆 마을 사람들의 목소리도 이제 끊겼다. 방위병은 숨을 들이쉬며 입술사이로 아쉬운 소리를 낸다. 이곳 사정은 서이동보다 방위병들이 더 밝다. 서이동은 총을 베고 누웠다. 보름달빛이 매복호를 창호지로 두르듯 감싼다. 하늘이 맑고 너르다. 하늘 속으로 빨려 들어가는 서이동의 눈시울에 습기가 찬다.

추억 없는 추석을 보낼까 아쉬워하던 방위병이 추억걸이를 포기할 즈음 "야- 간첩 지나간다. 간첩!" 하는 아가씨들의 고함소리가 하늘로 솟았다. 방위병이 숨겼던 웃음을 소리 내며 뒤돌아선다.

"요것들 봐라-."

방위병은 입맛을 다시며 앞에 총 자세를 취하고 매복호 옥상 아래로 뛰어내렸다.

"서 일경님 잠시 기다리십시오. 제가 요것들을 잡아오겠습니다."

비호같은 행동을 취한 방위병이 빈총의 노리쇠를 당겼다 놓으며 외쳤다.

"손들어. 움직이면 쏜다."

우레 같은 방위병의 수하에 자칭 세 아가씨 간첩이 시시덕거리며 땅바닥에 주저앉는다. 보름달은 서쪽으로 힘없이 기울었다. 방위병이 찬 손목시계의 작은 바늘과 큰바늘이 오른쪽으로 많이 벌어졌다.

달밤군대에게 포로가 되기 위해 고갯길을 밤늦게 오른 아가씨 세 명은 서이동에게 체포되었다. 서이동이 묻지 않아도 방위병이 먼저 말한다.

"옆 마을 아가씨들입니다."

서이동이 가장 나이 들어 보이는 아가씨에게 다가갔다. 바다를 바라보며 옆모습을 보이는 첫째 아가씨는 얼굴과 옷매무새가 매끈하다. 달빛에 미소를 머금고 있다.

서이동은 중간 아가씨를 살폈다. 첫째 아가씨보다 어려 보인다. 옷매무새는 이곳 사람들과 비슷하다. 얼굴도 첫째 아가씨보다 눈길이 설 간다. 체격은 비슷해 보이나 가슴은 빈약하다. 두 사람 사이에서 부지런히 이야기를 펼쳐놓는다.

두 사람 끝의 셋째 아가씨를 서이동이 목을 내밀어 쳐다봤다. 마치 초등학생 같다. 가슴도 솟아오르지 않았다. 얼굴을 돌려 먼 산을 바라본다.

서이동이 첫째 아가씨에게 연정의 화살을 뽑자 나머지 두 아가씨가 붙어 앉으며 질투의 그물을 친다.

"우린 다– 친구예요."

잘 깎은 연필심 같은 셋째 아가씨의 목소리에 서이동이 놀란 표정으로 되물었다.

"셋이 친구라고?"

서이동의 물음에 첫째 아가씨가 대답 없이 보름달에 얼굴을 내비치며 유혹의 향기를 뿜는다. 세 아가씨를 번갈아보며 서이동이 고개를 갸우뚱거렸다. 아무리 봐도 세 아가씨가 같은 나이로 보이지 않았다. 서이동 곁에 앉은 첫째 아가씨는 옅은 화장기에 성숙미가 꿈틀거린다. 스무 살은 되어 보인다. 둘째 아가씨. 청바지를 입고 체격이 왜소하지 않다. 성숙미는 풍기지 않아도 나이가 열예닐곱 살은 들어 보인다. 두리번거리며 이야기를 많이 해된다.

셋째 아가씨. 서이동은 몇 번이나 고개를 갸웃거렸다. 아무리 봐도 초등학교 고학년이나 졸업반 같다. 서이동은 셋째 아가씨의 모습에 웃음까지 나왔다. 아가씨라고 부르기도 망설여지는 셋째 아가씨에게 서이동이 다시 물었다.

"아가씨도 친구라고?"

셋째 아가씨가 얼굴을 홱 돌리며 대답하기도 전에 방위병이 먼저 한 마디 던졌다.

"니는 집에 가서 엄마 젖 좀 더 먹어야겠다."

방위병의 조롱에 셋째 아가씨가 벌떡 일어서며 소리쳤다.

"나도 열일곱 살이라니까요."

화가 난 셋째 아가씨가 간척지 둑길을 따라 집으로 뛰어간

다. 짝을 이룬 네 사람은 셋째 아가씨, 꼬마 아가씨를 물끄러
미 쳐다만 봤다.

"나 혼자 집에 간다."

꼬마 아가씨는 뒤돌아보며 세 번이나 소리쳤다. 따라오는 사
람은 아무도 없다. 꼬마 아가씨는 둑길 끝 언덕 너머 바다로 사
라지고 달빛 아래 둑길에는 꼬마 아가씨의 메아리만 남는다.
한가위 둥근달이 수평선과 짝을 이룬 간척지 둑길 위로 열엿새
를 지나 열이레로 넘어간다.

SORRY I AM A LADY를 부른 이옥자도 열일곱 살이다. 이옥
자는 콩쿠르대회 결승에서 떨어졌다. 그렇게 탐내던 시상품 전
기밥통은 우승자가 받아갔다.

두 번째 특경

이번 특경은 기수가 없다.

입대할 때 하사관 교육을 받은 첫 번째 특경 분대장이다. 대원들은 분대장 마중을 어떻게 할 것인가? 회의 중이다. 다들 말이 없다. 조상경도 차석도 반갑지 않은 눈치다. 서이동이 아래를 본다. 김태성은 처음부터 마중을 반대했다.

"다 큰 놈이 알아서 오겠지 뭐. 제 집도 못 찾아오면 그게 어디 분대장인가?"

버스 정류소에서 초소까지 거리는 1킬로미터도 안 된다. 다른 초소처럼 산길도 없다. 그래도 더플 백과 총을 메고 오려면 땀이 옷에 베일 것이다. 그것보다 분대장의 예우차원에서 누군가 마중을 하는 것이 맞다. 그러나 분대장도 신병이나 마찬가지다. 초소 대원들보다 밥그릇 수가 적다.

서이동이 고개를 좌우로 돌려봐도 눈을 마주치는 졸병은 없다. 조상경과 차석의 눈치를 살피다가 서이동이 일어섰다.

정류소 매표소 상점 앞 우체통이 오늘따라 붉다. 나무판으로 만든 학섬교회의 담은 계급장에 달린 막대기 같다. 서이동은 나무판을 세어봤다. 양쪽으로 열두 개씩 박혀 있다. 굳게 다문 목사부부의 얼굴이 떠오르고 서이동은 고개를 삼천포쪽으로 돌렸다. 완행버스의 유리창이 정오의 햇빛을 눈부시게 반사한다.

새로 온 특경은 보통 키에 야윈 체격이었다. 서이동은 경례 없이 더플 백을 잡아들었다. 새 특경은 당연하다는 듯 서이동에게 더플 백을 맡겼다. 특경은 자신에 찬 표정이었으며 걸음 걸이는 양쪽으로 기울어지게 걷는 모양새다. 착 달라붙은 바지의 뒷모습이 더욱 얄밉게 보인다.

서이동은 일부러 천천히 걸었다. 특경은 서이동의 행동이 불만스러운 듯 앞 서 가다가 걸음을 멈추어 기다리곤 하였다. 서이동은 특경의 행동에 실없는 웃음이 나왔다. 초소에서 특경을 반겨줄 사람은 아무도 없다.

마을 입구 다리 난간에서 서이동이 특경에게 물었다.

"앞으로 분대원들을 어떻게 통솔할 것이요?"

특경은 자신 있게 대답했다.

"국가에서 인정한 특경 훈련으로 분대장이 되었으니 내가 앞장서고 분대원들은 당연히 나를 따라야지요."

특경의 옆모습을 바라보는 서이동의 손에 힘이 빠졌다. 서이동이 뜸을 들이다가 특경에게 또 물었다.

"한 육 개월 정도 기다릴 수 있겠소?"

특경은 빠르게 대답했다.

"그럴 순 없어요. 나는 분대장으로 교육하고 임무를 받았기 때문에 한 시도 지체할 수 없어요."

옹찬 특경의 대답에 서이동은 다리에 힘이 풀렸다. 또다시 뜸을 들이다가 서이동이 물었다.

"그렇게 안 되면 어떻게 할 거요?"

특경은 가소롭다는 눈초리로 서이동을 보며 의지를 불살랐다.

"안 되면 되게 해야지……."

서이동은 특경의 위아래를 훑어보고 반말이 나오는 것을 참고 다시 물었다.

"그럼 안 될 때 해결책은 있소?"

특경은 쓸데없는 소리를 한다는 투로 서이동을 쳐다봤다.

"나는 할 수 있소."

서이동은 입을 다물고 초소까지 왔다.

분대장의 신고식은 소대장이 보는 앞에서 이루어졌다. 차렷, 충성을 외치는 조상경의 구강구조가 불안하다.

"내가 오늘부터 여러분의 분대장이다."

새로 온 특경의 취임 소감을 듣고 다시 경례를 하는 조상경의 구강구조가 경련을 일으킨다.

"차-차 렷. 추웅성."

소대장은 불안한 시선을 감추지 못하고 대원들을 향해 웃는 둥 마는 둥한 표정을 짓다가 집으로 돌아갔다.

군장을 다 풀기도 전에 김태성이 특경을 불렀다.

"분대장. 나 좀 봅시다."

김태성이 특경을 데리고 교통호 끝의 방위병 대기실로 들어간다. 특경의 눈초리가 판단을 할 수 없어 흔들린다. 장판이 깔린 시멘트 바닥에 두 사람은 나란히 앉았다. 분대의 화합을 위하여 김태성이 의견을 내놓는다.

"분대장. 서 일경님까지는 말을 높이고 나부터는 말을 놓도록 합시다."

김태성은 초소에서 서열이 네 번째다. 자신의 위보다 아래대원의 숫자가 더 많다. 특경이 그럴 수 없다고 대답한다. 김태성이 일어섰다. 특경과 서이동은 동갑이다. 자신은 한 살 아래다. 김태성이 특경을 향하여 한숨을 보낸다.

"그럼 어떻게 분대원을 통솔할 것이요?"

특경은 걱정 말라면서 일어선다. 김태성이 다시 한 번 자신의 제안을 설명했다. 특경은 대답 없이 김태성을 쳐다보고 밖으로 나가려 한다. 김태성이 특경의 어깨를 잡았다.

"사람을 우습게 봐?"

김태성의 말투가 거칠다. 특경이 그럼 어쩔 테냐? 는 식으로 째려본다. 김태성의 손이 머리위로 올라갔다 복부로 내려온다. 칼날처럼 펴진 손바닥으로 특경을 후려칠 듯이 옆으로 움직인다.

"이걸 확, 그만 우째삐꼬?"

김태성이 위아래로 손바닥을 움직이더니 특경의 머리에 박치기 자세를 취한다. 김태성의 필살기 자세다. 특경은 품위를 유지하려 힘썼지만 김태성의 자세가 워낙 강했다.

"이 자-식이, 오늘 맛 좀 봐야 되것네."

김태성이 바지 허벅지를 손으로 걷어 올리는가 싶더니 두 발을 교대로 하늘과 특경의 얼굴사이로 날렸다. 펄쩍 뛰어오른 김태성이 호흡을 가다듬지 못하고 소리친다.

"오늘 이걸 그냥 화악-"

김태성의 고함이 교통호를 따라 내무반까지 들린다. 방위병 대기실 위 화장실로 몸을 피한 특경은 김태성의 행동을 비웃고 있었다. '니가 뛰어봐야 어쩔 건데?'

바다는 파도를 변함없이 만든다. 그러나 사람들은 파도 소리를 제각각 듣는다. 밤에는 더욱 제각각이다.

이튿날 오전 취침시간이 끝나기 무섭게 소대장이 대원들을 마당에 집합시켰다. 소대장 옆에는 특경이 붙어있다. 소대장이 어쩔 수 없는 목소리로 말했다.

"분대장이 밥을 못 먹었다는데……."

말을 끝내지 못한 소대장이 조상경을 바라본다. 조상경은 학섬을 보고 있다. 그 날 이후 특경은 밥을 얻어먹기 위해 대원들에게 꼬리를 내리고 방위병들에게 이빨을 드러냈다.

가을의 한가운데. 시월 하순 첫날은 경찰의 날이다.

이 날은 전 중대원의 외출이 금지된다. 서이동은 외출복을 차려입고 소대장에게 외출신고를 했다. 중대본부에서 표창장을 받기위해서다. 표창장을 받는 대원은 각 소대에서 한 명. 중대본부에서 한 명, 중대에서 총 여섯 명만 외출이 허가된다.

중대장의 격려사는 간단하다. 모범달밤대원들이라 별 할 말도 없지만 그것보다 청중이 여섯 밖에 안 되는 소규모다. 표창장과 상품을 건넨 중대장은 대원들의 어깨를 가볍게 두드리고 표창식을 끝냈다. 상품은 볼펜이다. 시가 삼천 원 상당의 황금색 필기구는 촉감이 묵직하다. 서이동이 뚜껑을 열고 글 쓰는 시늉을 해보지만 초소에서 쓸 일은 없을 것 같다.

오늘 점심은 표창장을 받기 전에 이미 합의가 되었다. 시내 식당에서 돈가스를 먹기로 말이다. 돈가스는 나이프를 사용하는 양식 요리다. 서이동은 아직 돈가스를 먹어보지 못 했다.

부둣가 황금동의 식당을 선택하기 위해 여섯 사람은 갈등하고 있었다. 두 곳으로 압축된 식당 가운데에서 어느 곳으로 갈 것인지 대원들은 서로의 얼굴을 쳐다보며 발걸음을 뗐다 붙였다 하였다. 여섯 명의 대원들이 세 명은 오른쪽으로 세 명은 왼쪽으로 움직이다 제자리로 돌아오기를 반복하는 사이, 부듯가 안쪽 도로에서 한 무리의 사람들이 플래카드를 앞세우고 다가온다.

-납북어부 송환하라-

확성기를 든 사람이 플래카드 앞쪽에서 글귀를 외친다.

"납북어부 송환하라."

플래카드 아래 맨 앞줄에 류시숙의 오빠가 있다. 허연 얼굴이 햇빛에 더욱 빛난다. 서이동은 데모대를 바라보느라 몸을 한 바퀴 돌렸다. 대원들이 식당을 선택하고 길을 건넌다. 데모대의 인원은 스무 명도 안 된다.

점심 식사시간 내내 류시국의 허연 얼굴이 서이동의 돈가스 접시에서 사라지지 않는다.

특경의 면회를 왔다. 전입한 지 일주일도 안 된다. 그것도 아가씨 두 명이 서울에서 학촌까지 왔다. 두 아가씨는 서로 친구라고 특경이 말했다. 삼천포 가는 막차는 끊겼다. 특경은 서이동의 입만 바라보고 있다. 서이동은 무표정하게 아가씨들을 쳐다보았다. 아가씨들은 수줍어함보다 즐거워하는 눈빛이다.

서이동은 초소식당을 나와 첫 집으로 향했다. 첫 집 아줌마는 서른 중반이다. 얼굴에 주근깨가 두드러져 보이지만 성격은 큰 키만큼이나 시원하다. 한참동안 서이동을 바라보던 첫 집 아줌마는 승낙했다.

"잠자리는 되지만 식사는 안 돼."

'첫 집'은 초소에서 가까운 거리에 있는 집으로 대원들과 거래가 원활한 집을 말한다. 물론 첫 집 아저씨도 대원들과의 관계가 원만하다.

점호를 마친 뒤 밥쟁이가 화를 내며 내무빈으로 들어왔다.

"내가 초소 밥쟁이지 특경 식모예요?"

면회 온 아가씨들 저녁밥을 부탁한 특경의 요구를 뿌리치고 온 것이다. 밥쟁이는 화가 많이 났다. 자신의 탄띠를 철모에 부딪치면서 분을 풀지 못 했다.

"더러워서 이거. 사람을 뭘로 보고……."

밥쟁이가 화내는 모습을 대원들은 처음 봤다. 밥쟁이 큰 형님은 치안본부에 근무한다.

특경이 또 서이동을 찾았다. 서이동은 특경과 두 아가씨를 구판장 강복길에게 소개했다. 두 아가씨가 특경을 졸졸 따라 움직인다. 강복길의 표정이 이제껏 보지 못한 형태다. 서이동은 구판장 문턱에서 무슨 말을 하려고 머뭇거리다 초소로 향했다. 구판장 앞 전봇대에 매달린 전등 빛이 너무 밝다.

초소로 돌아오는 둑길이 넘칠 듯 파도가 출렁인다. 서이동은 면회 온 아가씨와 특경의 모습이 머리에 감긴다. 세 사람이 잘 방은 하나다. 둑길에 부딪치는 파도에 서이동의 몸이 일렁인다. 둑길에는 난간이 없다. 몸이 바다에 빠질 것 같다. 서이동은 고개를 들었다. 첫 집 길 건너 황토밭의 소나무 두 그루가 한 그루는 키가 크고 한 그루는 작다.

서울 아가씨들이 특경을 면회하고 돌아간 이튿날 오후다. 첫 집 아줌마는 서이동을 불러놓고 한참을 망설이다 말문을 열었다.

"방값은 안 줘도 이불 세탁비는 내야지……."

서이동은 말뜻을 알아차렸다. 첫 집 아줌마는 또 한동안 서이동을 바라봤다. 서이동이 웃었다.

그 날 밤 첫 집 아저씨의 배가 탐조실 아래 바위에 옆구리를 붙였다. 서이동이 드럼통을 굴려 배에 실었다. 드럼통에는 배 발전기 기름이 반 가까이 차 있다.

보름 만에 두 아가씨가 두 번째 면회를 왔다. 특경은 서이동을 찾았다. 두 아가씨가 다리를 오므려 앉았지만 서이동은 짜증이 났다.

"서 일경. 좀 도와 줘요?"

특경이 서이동의 눈치를 보며 결연하게 말한다. 서이동은 말뜻을 몰라 특경을 빤히 쳐다봤다. 지난번 면회 때의 일을 특경이 띄엄띄엄 소곤댄다.

"이번에도 한 방에서 세 명이 같이 자고 싶지 않아서……."

말을 멈추고 얼굴을 붉힌 특경이 서이동에게 애원의 눈빛을 보낸다.

"한 명은 서 일경이……."

서이동은 말뜻을 알아챘다. 두 아가씨를 훑어 본 서이동이 소리쳤다.

"그러면 모포를 챙겨야지."

서이동의 야간 근무지는 마을 반대편 산기슭 두 번째로 먼 매복호다. 옆구리에 모포를 낀 아가씨는 서이농에게 바싹 붙어 뒤를 따른다. 서이동은 뒤돌아보지 않고 산길을 걸었다. 비틀거리는 아가씨를 방위병이 자주 걱정한다.

세 사람은 종3품의 비석이 세워진 묘에 걸음을 멈췄다.

서이동이 쉬었다 가자며 뭇등에 허리를 기댄다. 모포를 든 아가씨가 서이동 옆에 앉는다. 서이동이 아가씨를 쳐다봤다. 아가씨의 표정에 부끄러움이 없다. 방위병은 서성이다 옆 묘에 엉덩이를 걸친다. 바위에 부딪치는 파도가 어둠을 더 무겁게 한다. 세 사람은 말이 없다. 모포를 품에 안은 아가씨의 숨소리가 파도 소리보다 빠르다.

이 묘는 언제나 포근하다. 서이동은 팔베개를 하고 몸을 뭇등에 기댔다. 파도가 바위에 부딪쳐 빛을 낸다. 하얗고 푸른 색깔이다. 마을 사람들은 이 색깔의 성분을 '쉐그리'라고 불렀다. 야간에 빛을 내는 인광을 말하는 것이다. 인은 뼈 성분이다. 죽은 사람들의 뼈가 부셔지고 모여서 '쉐그리'가 된다고 마을 사람들은 믿었다.

바위에 부딪치는 파도가 해안선을 따라 선명한 색깔을 낸다. 처음에는 흰색으로 시작해서 뒤집혀지며 푸른 색, 투명한 비취빛으로 변한다. 파도는 바위를 차고 오르며 눈길을 잡아

146

당긴다. 빛나는 파도는 사라지지 않고 아름다움을 넘어 무서
움을 보인다.

　땀이 식어 차다. 서이동은 탄띠를 챙겨 일어섰다. 매복호는
고성 쪽으로 한 기슭만 넘으면 된다. 매복호에 다다라 서이동
은 아가씨에게 콘크리트 매복호 안으로 들어가라고 말했다.
서이동은 매복호 옥상으로 올랐다. 늦가을 밤하늘이 눈이 빠
질 듯 깊다.
　방위병이 서이동에게 손짓을 하며 재촉한다.
　"서 일경님 저 안에 갔다 와야지요."
　방위병이 매복호 옥상에 오르지 않고 무슨 순서를 기다리는
사람처럼 서 있다. 방위병의 눈이 '쉐그리'처럼 빛난다. 서이동
은 밤새 밤하늘과 '쉐그리' 이는 바닷가만 바라보았다.
　다음날. 특경은 서이동에게 자랑했다. 첫 집 아줌마에게 이
불 값을 지불했다며 환하게 웃었다. 두 아가씨는 서이동에게
인사도 없이 사라졌다.
　그 해 크리스마스 때 서이동은 엽서 한 장을 받았다. 모포를
안고 종3품 묘를 거쳐 밤새도록 한려수도를 지킨 매복호 파트
너였다. 그 여자파트너가 보낸 사연은 단 한 글자. 루트3($\sqrt{3}$)
이었다.

다과회

"다과회가 뭐-꼬?"

조상경의 반문에 서이동이 대답할 적당한 말을 찾지 못 해 시선을 멈췄다. 소대장과 조상경이 서이동의 입을 지켜본다. 서이동이 맥이 빠진 대답을 뱉는다.

"과자 몇 가지 차려놓고 마주 앉아 음료수 마시면서 대화하는 거지요."

소대장은 말없이 미소만 짓고 조상경이 구강구조를 빠르게 움직였다.

"과자 먹으면서 이야기 한다고? 무슨 이야기를?"

서이동은 아까보다 더 맥 빠지게 설명했다.

"주제를 그때그때 만들어서 이야기 하다 보면 서로 정도 들고 그러다 보면 또 배구시합 같은 것도 한 번 하고……."

조상경이 서이동의 말을 잘라 소리쳤다.

"아이구- 그런 거 안 된다. 니 혼자 생각이다."

서이동은 소대장의 얼굴을 흘깃 쳐다보고 말문을 닫았다. 소대장이 먼저 간다면서 엉덩이를 털고 일어선다. 서이동의 다과회 이야기는 소대장이 마을청년들과 사이좋게 지내는 방법을 강구하라는 간부회의 지시에 대한 의견이었다.

소대장이 떠난 뒤 김태성은 텔레비전 앞에 바싹 붙어 앉았다. 고등학교 야구 결승전이다. 김태성이 손뼉을 치며 응원하다 고함을 친다.

"빨리 응원 할 팀 결정 하이소."

차석과 소대장 전령이 한편 김태성과 서이동이 한편이 됐다. 조상경은 빠졌다. 진 팀은 복숭아 통조림 2통을 사와야 한다. 김태성은 벌써 양손을 칼날처럼 펴서 마주치며 흥분하여 소리친다. 조상경은 텔레비전에서 멀찌감치 앉았다. 김태성의 흥분하는 모습을 바라보는 조상경의 안면구조가 많이 불균형을 이룬다.

"나는 야구 저거는 재미없더라. 다른 거 보자."

나머지 대원들이 무슨 소리냐면서 조상경을 쳐다본다. 얼굴을 붉힌 조상경이 중얼거린다.

"나는 야구 저거. 규칙을 모르겠어."

김태성이 서이동의 멍한 표정을 훔쳐보며 소리를 지른다.

"야- 한 방 쳐라. 쳐."

첫 집 아저씨와 아주머니가 손님치레 웃음을 들고 문지방에 걸터앉는다.

그 날 밤 점호시간에 서이동은 소대장 전령이 귀띔한 내용을 대원들에게 알렸다. 마을 청년들과 사이좋게 지내는 방법은 마을처녀들과 성관계를 하지 않는 것이라고 말이다. 서이동의 말에 대원들은 숨을 참으며 서로 눈빛을 번득였다. 갑자기 초소 마당이 썰렁해졌다. 서이동은 후회했다. 좀 더 다른 말로 표현하든지 차라리 말하지 말아야 할 것을 하며 침을 삼켰지만 점호는 끝이 났다.

소대장과 조상경의 약속은 이제 공공연한 비밀이 되었다. 그 약속은 소대장의 소속 근무지를 경남에서 부산으로 옮기도록 조상경이 도지사에게 부탁하여 성사시키는 것이다. 도지사는 조상경의 삼촌이다. 소대장은 조상경의 족보를 확인하지는 못 했다.

달밤군대 임기를 마치면 부산시경으로 전출될 꿈을 꾸며 소대장은 조상경의 행동을 제어하지 않았다. 조상경은 하루가 멀다 하고 외출을 했으며 부식구입은 물론 대원들의 목욕까지 대신했다.

소대장이 경남도경을 떠나는 꿈을 꿀수록 중대장의 눈살은 찌푸러졌다. 중대원 인사이동에서 학섬초소는 사고대원이나 외부전입대원들이 발령되었다. 중대원들은 학섬초소를 갱생원이라 놀렸다.

이상재는 영창을 다녀왔다. 중대본부에서 제대 한 달을 남겨두고 학섬초소로 발령이 났다. 학섬초소 내무반에 들어서는 순간 이상재는 서이동에게 소리쳤다.

"서이동. 나 버리면 안 돼. 오늘부터 나는 너만 따라다닐 거다."

서이동의 팔을 붙잡은 이상재는 조운영보다 세 기수가 높다.

서이동은 학섬초소의 인수인계품목으로 소문이 났다.

방위병들도 서이동이 소대장에게 얼마만큼의 신임을 받는지 다 안다. 그래서 그런지 서이동은 언제나 인사이동에서 제외되었다. 서이동과 함께 매복호 근무를 서면 그 매복호는 소대장 순찰이 없다. 그 뿐만 아니라 서이동은 이야기 솜씨도 좋아 밤새도록 심심하지 않다. 마을에서도 서이동은 인심을 얻고 있었다.

이상재는 키도 크고 인물도 좋았다. 용모만큼이나 운동도 잘하고 술도 많이 먹었다. 서이동은 전과자 말년 고참의 푸념과 술타령으로 밤낮없이 구판장을 오갔다.

그 날 밤. 제대를 사흘 앞둔 날도 서이동은 이상재와 술을 먹고 구판장에서 초소로 돌아오는 길이었다. 첫 집 길 건너 소나무 아래에서 소대장이 기다리고 있었다.

"이 자식. 이거- 뭐하는 놈이야? 응. 생사람 잡겠구나."

소대장의 말투가 거칠었다. 이상재를 바라보는 소대장의 눈에 핏발이 보였다. 소대장을 바라보던 이상재가 목을 놓았다.

"소대장님. 저는 잘못한 게 없습니다. 중대본부에서 열심히 일한 죄 밖에 없습니다. 제가 무얼 잘못했는지 가르쳐 주십시오?"

복받치는 설움을 참지 못하고 훤칠한 용모가 녹아내릴 듯 울었다. 배구시합 때의 그 늠름함도 송두리째 뽑아버리고 주저앉아 눈물을 흘렸다. 소나무가 흔들릴 정도로 울었다. 소대장은 말이 없다. 도경감사에서 중대행정요원인 이상재가 누명을 쓰고 일반경찰직원을 대신해서 엉칭 간 것을 소대장은 알고 있다. 이상재의 울음이 사그라지기도 전에 소대장은 등을 보였다.

다음날 내내 말 한마디 않던 이상재가 서이동에게 물었다.

"이 마을에서 가장 소문 나쁜 여자가 누구냐?"

그리고 그 날 밤 이상재는 스스로 그 여자를 찾아갔다.

오전에 취침을 하는 초소대원들은 마을 사람들의 오후에 일과가 시작된다. 서이동은 그 날 오후 구판장에 외상값을 갚기 위해 마을로 들어섰다. 햇볕이 몸과 마음을 느슨하게 만든다. 서이동이 다리를 건너서자 개울에서 빨래하던 처녀들이 소리를 질렀다. 조합장 박명자의 소리가 유달리 크다.

"야- 고질 온다. 고질."

서이동은 개울을 내려다보았다. 박명자가 빨래를 하다말고 일어서서 소리를 지른다. 지난번에도 마을을 지나갈 때 박명자가 마을처녀들과 함께 자신에게 수군거리며 쳐다본 것이 생각이 났다. 서이동은 대수롭지 않게 여겼다.

그러나 오늘은 기분이 상했다. 박명자가 삿대질을 하며 다가오더니 면전에서 소리까지 지른다.

"야- 고질 온다. 고질. 이제 우리 같은 것 하고는 놀지 않겠네. 고질, 얼굴 한번 보자."

구판장으로 가는 서이동의 앞길을 막으며 박명자가 소리친다. 서이동이 박명자를 피해 길 안쪽으로 걸어갔다. 박명자는 따라와서 자신의 얼굴을 서이동의 눈앞에 들이대며 놀려댄다.

"어이- 고질. 고질 얼마나 잘 났는지 얼굴 한번 보자?"

서이동은 울화가 치밀었다. '고질' 소리를 듣게 된 건 점호시간에 마을처녀들과 성관계하며 놀지 말라는 말 때문이다. 누가 소문을 냈는지는 서이동도 짐작은 한다.

서이동은 담에 붙어 섰다. 박명자의 행동이 그치길 기다렸다. 그러나 박명자는 서이동의 얼굴에 자신의 얼굴을 들이대며 혀를 내밀고 도리질을 해댄다.

"야- 고질. 대단한 고질 얼굴 한번 보자."

박명자의 눈동자가 서이동의 시야에서 흰색으로 확대되고 박명자의 입이 벌어지며 혀가 날름거린다. 눈동자의 비웃는 느낌과 입안의 불쾌함이 서이동의 후각과 시각을 함께 자극한다. 눈앞에 밀착된 자극에 뇌가 반응할 시간도 없이 서이동의 주먹이 시야를 처리했다.

-퍽-

　예상치 못한 충격에 박명자가 입이 찢어질 듯 소리를 지르며 오그라졌다. 땅바닥을 나뒹굴던 박명자가 눈동자의 흰색을 서이동에게 몽땅 쏟더니 속옷이 보이는 줄도 모르고 집으로 내달렸다. 서이동은 뭣에 홀린 사람처럼 그 자리에 서 있었다. 햇빛에 반사되는 강복길의 얼굴을 보고서야 서이동이 한숨을 길게 쉬었다.

　그 날 밤 서이동은 박명자의 아버지를 그 집 대문간에서 만났다. 박명자는 치료받으려 고성읍에 갔다고 했다. 택시를 불러서 병원에 갔단다. 치료비는 얼마인지 말하지 않았다.

　그 다음 날 서이동은 박명자의 아버지를 또 만났다. 박명자의 치료비를 전달하기 위해서다. 서이동은 박명자의 집 대문간에서 치료비를 전달했다. 치료비는 일경 서이동의 열 달치 월급이었다.

　석양을 등진 방위병들이 초소로 출근을 한다. 발걸음이 무겁다. 초소에는 대원들과 거리를 좁히지 못하는 특경이 기다리고 있다. 특경은 방위병들에게 트집을 잡아 사흘이 멀다 하고 군기교육을 시켰다. 학섬초소는 고성지역의 마지막 초소다. 방위병 근무인원이 많다. A·B 조를 합하여 25명이나 된다. 앞서 제대한 근무조는 서른 명이 넘었다.

　특경이 소리치고 방위병들이 복창한다.

-정신통일. 정신통일-

-군기확립. 군기확립-

몸에 달라붙은 바지를 입은 특경이 두 줄로 선 방위병 사이를 오가며 지휘봉을 손바닥에 두드린다.

"여러분. 잘 할 수 있겠습니까?"

어디서 많이 들어본 말투다. 대답하는 방위병들의 목소리가 초소마당을 벗어나 바다 한가운데까지 뻗는다. 그러나 눈동자는 일치하지 않는다.

특경은 마무리 체력단련으로 엎드려 팔굽혀 펴기를 실시하며 군기확립에 대하여 쉬지 않고 소리친다. 하나 하면 '정신', 둘하면 '통일'을 외치라는 특경의 명령에 방위병들은 마당의 흙이 날리도록 악을 쓴다.

-정신. 통일-

키가 큰 강경렬이 '정신' 소리칠 때 '니기미' 소리 내고 '통일' 할 때 '씨발'을 외친 목소리를 특경은 구분하지 못 했다. 점호가 끝나고 방위병들이 터는 손바닥의 흙이 어둠 속으로 흩어진다.

서이동은 특경에게 방위병들을 괴롭히지 말라고 충고했다. 특경은 서이동의 말에 도리어 화를 냈다. 대원들에게 실행 못하는 군기확립을 특경은 방위병들에게 대신 강요했다. 소대장도 무리한 군기교육은 삼가라고 지시했지만 특경의 행동은 변화가 없었다.

보름이다. 밝은 달빛에 간첩선도 한려수도 해안선 침투를 멈추는 날이다. 그 날 밤은 조합장 박명자와 산따이가 약속되었다. 장소는 마을 끝 박명자의 친척집 어장막이다. 고질 구타 사건 이후 박명자가 서이동에게 먼저 제안했다. 특경은 당연히 빠진다.

소대장은 휴가다. 밤길 순찰을 두려워하는 특경 분대장은 소대장 대신 초소를 지키고 앉았다. 약속시간은 밤 열한 시다.

대원들이 총을 메고 산따이 장소로 모여들었다. 고성 쪽 매복호는 한 곳에만 방위병 두 명을 배치하고 가장 먼 매복호 방위병은 마을 옆 매복호에 대기시켰다. 서이동이 밥쟁이도 불렀다. 조합원들이 차려 준 음식은 바닷가에서 횃불로 잡은 낙지 무침이다. 밥쟁이의 눈빛이 미소와 함께 달빛보다 빛난다.

첫 곡 발사자는 조상경이었다. 구강구조의 불완전과 노래솜씨의 순발력이 떨어지는 조상경을 향해 박명자가 젓가락을 들었다. 산따이 분위기 제창곡이다.

"하-면 하-고 말면 말-지 와 이리 쪼를 빼-네, 부를 곡은 자유곡인데- 십팔번을 불러주세요- 짠짜라 짠짠."

빈틈없는 조합원들의 젓가락 합주와 박명자의 까무러질 듯한 웃음소리가 방안의 분위기를 순식간에 데웠다. 조상경의 구강구조가 정상을 찾지 못하고 더듬거린다. 박명자의 분위기 고취가 후렴구가 폭발했다.

"씨팔번을 불러주세요. 짠짜라 짠짠."

다함께 박수와 웃음이 터지고 조상경이 얼굴을 붉히며 노래를 발사했다. 백일훈련 때 중대 내무반에서 많이 듣던 옛 노래다. 비 오는 날에 서이동도 여러 번 불렀다. 강복길도 실력을 발휘했다. 최신 유행곡이다. 서이동도 강복길의 답례곡으로 한 곡 뽑았다. 김태성은 용맹성을 발휘하지 못 했다. 몇 번이나 박자를 놓치고 다시 노래를 불렀다. 김태성의 두 칸 아래 정성재의 노래솜씨가 좋다. '천둥산 박달재'를 구성지게 부른다. 조합원들의 박수를 받았다. 산따이 장소가 마을에 가까워 합창은 피했다. 음악과 거리가 멀어보이던 밥쟁이의 노래가 구수하다. 모두들 놀랬다.

삼십 촉 백열등 아래 산따이는 열두 시 조금 지나 끝났다. 처음으로 산따이를 맛 본 밥쟁이가 입맛을 다시며 방 안을 둘러본다.

"그- 참, 괜찮네."

이옥자는 오지 않았다. 가수의 길을 걷기위해 노래학원이 있는 부산 언니 집에 갔단다. 서이동은 어장막을 나섰다. 보름달빛에 빛나는 파도가 갯바위에 부딪쳐 비명을 지른다.

-SORRY I AM A LADY-

방위병의 반란

D-day를 결정하기 위하여 모였다.

강경렬. 김갑훈. 진재규가 구판장 안쪽 탁자 주위에 둘러선 동료들을 쳐다본다. 날짜를 못 박지 못하지만 서이동이 초소를 떠나 매복호에 근무하는 날로 약속했다. 아무도 반대하지 않는다.

강경렬과 김갑훈이 작전을 설명한다.

"그 날. 분대장을 다릿가 과부 집까지 유인해서 일을 시작한다. 유인방법은 내 생일이라고 하여 가볍게 술 한잔 하자고 끌어들인다."

강경렬이 더 설명하려 하자 김갑훈이 말을 막는다.

"그 다음 상황은 그때 가서 처리하도록 해."

모여 선 방위병들이 말없이 고개를 끄덕였다. '임마 이거 손 좀 봐야겠다.'고 마음 먹은 지 한 달이 다 되었다. '임마 이거'

는 특경 분대장을 말한다. 제일 먼저 말을 꺼낸 사람은 강경렬이다. 단짝인 김갑훈이는 물을 것도 없고 동료들도 이의를 달지 않았다.

D-day

그 날도 특경은 방위병들에게 군기교육을 실시했다. 오로지 자신만이 대한민국 군인의 모범인양 훈련소에서 교육받은 내용을 소리쳤다. 몸에 딱 달라붙은 바지를 입은 특경이 엉덩이를 삐죽거리며 방위병 사이를 오간다. 그 날따라 방위병의 복창소리가 크고 맑다. 특경은 국방교육의 효과가 나타나는 것을 흡족해하며 다시 한 번 '군기확립'을 외치고 점호를 마쳤다. 석양이 사라진 서산 위로 시퍼런 색깔의 기운이 밤하늘을 가득 채운다.

서이동은 진재규와 함께 초소를 떠났다. 오늘 근무지는 종3품 묘 옆 매복호다. 진재규가 웃음과 함께 굵은 목소리로 어서 가자고 재촉한다. 조원이 마음에 들어서 그런지 서이동의 발걸음이 가볍다.

밀려드는 바닷물을 바라보며 모래 둑을 뛰어 건넌 서이동이 종3품 못등에 누웠다. 진재규도 못등 옆에 나란히 누웠다. 종3품 묘지에는 마누라 묘가 두 개다. 두 사람은 파도 소리를 들으며 하늘을 바라본다. 말없는 하늘에 별이 수없이 반짝인다.

종3품 묘에 오면 이상하게 무서움이 사라진다. 서이동은 이런 기분이 신기했다. 밤에 산길을 걸으면 어떤 골짜기에서는 냉기가 솟는다. 그러면 머리끝이 쭈뼛해지고 뭐가 나타날 것 같다. 이런 골짜기는 다음에 또 지나가도 그런 느낌이 사라지지 않는다. 그러나 낮에는 잘 느낄 수 없다. 신기하다.

진재규가 "오늘은 일찍 철수합시다." 하고 부탁한다. 서이동은 대답 대신 기지개를 켰다. 수평선 끝에 닿은 해안선의 불빛이 흔들리듯 눈에 어린다.

첫 번째 계획은 실패했다.

강경렬이 오만 아양을 떨어도 특경은 다릿가 과부 집으로 나가길 거부했다. 강경렬은 김갑훈을 불렀다. 머리를 맞댄 결론은 초소 안에서 작전을 전개하기로 결정했다. 마주 앉을 수 있고 술을 마실 수 있는 공간은 식당뿐이다. 식당은 내무반과 떨어져 있고 들판과 연결되어 있다.

강경렬은 엄숙한 표정으로 특경을 불렀다. 생일잔치가 아니라 긴히 할 말이 있다고 부탁했다. 특경은 쉽게 따라오지 않았다. 자정이 훨씬 지나서다. 기어이 두 사람은 특경을 식당으로 모셔왔다. 강경렬이 깡소주 한 잔을 특경에게 권한다. 특경은 소주를 마시지 않고 강경렬을 쳐다본다. 우리 방위병도 인간답게 처우해주라고 강경렬이 어색하게 웃으며 말한다. 김갑훈이 특경 옆에 앉으며 강경렬의 의견에 맞장구를 친다. 특경이 두 사람을 번갈아 보며 술잔을 들었다 놓았다.

강경렬은 키가 크고 체격이 좋다. 첫눈에 보아도 힘이 좋고 재빠를 것 같은 느낌이 든다. 김갑훈도 보통 체격은 넘는다. 강경렬 보다 키는 작아도 덩치는 작지 않다. 어릴 때부터 바닷일을 하며 자란 두 사람의 분위기는 부드러움보다 강함이 느껴진다. 그렇다고 못 생긴 용모도 아니다.

특경은 두 방위병을 바라보며 자신은 현재 분대장의 본분을 다하고 있음을 강조한다. 강경렬이 소주를 마시고 술잔을 탁- 소리 나게 식탁에 놓았다. 특경의 눈빛이 경직되더니 의자를 밀고 일어서려 한다. 김갑훈이 아직 이야기가 끝나지 않았다고 특경을 잡아 앉힌다. 김갑훈의 힘에 눌려 불안전하게 자리에 앉은 특경이 경계자세를 취하며 다시 일어선다. 김갑훈이 먼저 일어나서 특경의 어깨를 눌렀다. 위험을 감지한 특경이 고등학교 때 육 개월 배운 권투자세를 취하며 의자에서 몸을 빼내려 한다.

김갑훈이 특경의 자세를 내려 앉힐 새도 없이 강경렬의 고함이 터졌다.

"이 새끼 앉으라면 앉지. 와- 지랄이야?"

식탁을 앞으로 밀며 강경렬이 특경의 얼굴을 후려쳤다. 특경이 재빠르게 주먹으로 막았지만 강경렬의 긴 팔에서 나온 힘이 특경의 얼굴에 사정없이 쏟아졌다. 퍽- 소리와 함께 특경은 김갑훈의 또 다른 힘에 의해 식당바닥에 나뒹굴어졌다. 본분에 위험을 감지한 특경이 상황을 벗어나기 위해 소리를 질렀다.

순간 강경렬의 발길질이 특경의 대갈통에 가해지고 김갑훈이 특경의 배를 깔고 앉아 입을 틀어막았다.

상황은 생각보다 심각해졌다.

강경렬과 김갑훈이 마주보고 새로운 대처방법을 눈으로 교환하며 잠시 동작을 멈추는 사이. 특경이 비호처럼 몸을 움직인다. 식당에서 솟는 고함에 초소 후반 근무를 서던 차석이 달려왔다. 방위병들이 식당 문을 막고 섰지만 차석의 진입을 저지하지 못했다. 차석이 상황을 파악하고 강경렬. 김갑훈의 이름을 부르며 달려든다. 도망치는 특경을 향하여 김갑훈이 소리치며 연탄아궁이 옆의 부삽을 집어 들었다. 특경을 향해 던지려던 부삽을 김갑훈이 달려드는 차석의 머리를 내리쳤다.

"이 새끼는 또 뭐-고?"

상황은 이제 돌이킬 수 없다. 강경렬이 이를 갈았다.

"이 새끼가-."

강경렬이 눈에 불을 켜며 특경의 뒤를 쫓는다. 식당의 소란스러움에 본능적으로 밥쟁이가 식당을 찾아온다. 밥쟁이는 식당입구에서 달려 나가는 강경렬의 주먹에 코뼈가 부러졌다.

서이동은 콧노래를 불렀다. 초소로 향하는 진재규의 걸음걸이가 빠르다. 초소 앞 학섬에 여명의 붉은 기운이 돈다. 초소는 조용하다. 서이동은 여명에 빛나는 교통호를 걸어 내무반

문을 열었다.

"비켜. 너희들 다 죽인다."

특경이 서이동을 향해 총을 들이댄다. 서이동이 어떤 행동을 취하기도 전에 특경의 뒤에서 강경렬이 나타나 특경이 든 카빈 소총을 감싸진다. 특경의 당황한 눈빛이 서이동을 꿰뚫는다. 서이동이 "왜 이래?" 하고 소리치며 내무반 안쪽으로 다가가려 하자 강경렬이 밖을 향해 소리쳤다.

"서 일경 잡아. 어서-."

진재규와 다른 방위병 한 명이 들어와 서이동의 두 팔을 나누어 잡고 끌어당긴다.

"서 일경님. 못 본 체 하이소."

진재규가 서이동의 귀에 대고 속삭였다. 진재규는 고등학교 때 레슬링 선수다. 다른 한 명도 고등학교 때 유도를 했다고 자랑하는 방위병이다. 서이동은 꼼짝 없이 포로가 되었다.

"자- 한 번 쏴 봐라-."

강경렬이 특경의 머리에 대고 소리친다. 강경렬의 오른손 집 게손가락이 특경의 카빈 총구에 들어가 있다. 강경렬의 행동에 특경은 전의를 상실했다.

서이동은 두 사람에 끌려 초소 입구 무덤 가로 왔다. 초소에는 아무도 보이지 않았다. 강경렬과 김갑훈이 90근 겨우 나가는 특경을 뭉쳐들고 초소 밖으로 나간다.

무덤가 숲속에 김태성과 정성재가 숨어있고 강경렬과 김갑훈이 사라진 내무반 교통호에 방위병들이 나타난다. 식당 주위에 반란의 흔적이 역력하다. 탐조실의 조상경이 철수하면 상황은 또 달라질 수 있다. 서이동은 진재규에게 명령했다.

"진재규 씨. 총기반납하고 조원들 데리고 빨리 퇴근해요."

서이동은 부삽에 맞아 머리가 찢어진 차석과 코를 다친 밥쟁이에게 고성읍 병원으로 갈 것을 요구했다. 자신의 머리상처가 보이지 않는 차석은 머리를 서이동에게 내밀며 말했다.

"병원에 가지 않아도 시간이 지나면 괜찮지 않을까?"

서이동은 머리껍질이 한 뼘이나 들고일어난 차석에게 평생 후회할 짓이라며 빨리 병원에 가서 머리를 꿰매라고 부식비를 꺼내 치료비로 내밀었다.

차석은 구보도 잘 하고 사격도 잘하는 중대 정예달밤군대원이다. 자신도 그 점을 자랑스럽게 생각한다. 서이동은 차석의 상처를 보면서 모난 돌이 정 맞는다고 이건 방위병이 우연찮게 내리친 것이 아니라고 느꼈다.

서이동이 반란의 흔적을 정리하고 대원들과 내무반에 모였을 때 특경이 뛰어들었다. 얼굴빛이 오염된 물거품색이다.

"다 나가- 안 나가면 모두 죽는다."

소리치며 특경이 내무반 무기함을 열어 수류탄을 꺼내들었다. 서이동이 특경의 손목을 잡았지만 특경은 강렬하게 행동했다.

"다─ 나가. 나는 죽는다."

특경의 눈동자에 방향이 없다. 김태성이 "니 혼자 죽어라." 하며 서이동의 소매를 잡아끌었다.

특경은 수류탄을 들고 전망초에 혼자 앉았다. 대원들은 초소 입구 무덤가에서 특경을 지켜봤다. 전화기를 돌려서 소리를 지른다. 특경이 죽음을 각오하고 유언을 남기는 모양이다. 어디에 전화를 하는 지 알 수는 없다. 해는 떠올랐다.

첫 집 길 건너 키 큰 소나무 아래 언덕배기 밭 가운데 무덤가의 세 사람은 말이 없다. 특경을 잡고 있는 김갑훈의 손아귀는 느슨하다. 바다를 바라보는 강경렬은 의미 없는 미소를 지었다. 두 사람 사이에서 두 사람을 번갈아보던 특경이 슬그머니 일어선다. 두 사람은 어둠 속에서 발버둥 치던 감정의 회오리가 아침햇살에 분해된다. 특경은 초소를 향하여 내달렸지만 아무것도 할 일이 없었다. 자신의 존재는 이미 물거품이 되었다.

소대장이 전령과 함께 달려왔다. 학섬을 넘은 해가 중천으로 다가간다. 소나무 아래 무덤가에서 특경의 행동을 살피던 소대장이 발걸음을 옮겼다. 특경의 움직임은 없다. 소대장이 발소리를 죽여 삼십 보를 걸었다. 특경의 고개가 가끔 아래로 꺾였다가 빈 낚싯대처럼 솟아오른다. 수류탄을 든 왼손은 머리높이에 들려있다. 소대장의 얼굴에 혈류가 퍼진다.

"분대장. 나 소대장이다. 정신 차려."

소대장은 특경의 수류탄을 붙잡고 소리쳤다. 특경은 졸고 있었다. '죽기는 뭐가 죽어. 자는 척 한 것이지.' 김태성이 한 말이다.

매복하지 않는 매복호

　초소마당에는 시월의 햇빛이 내무반에는 파도 소리만 가득하다.

　방위병 폭동 이후 소대장은 마을근처 매복근무를 없앴다. 대원들이 근무 할 매복호는 모두 통영 쪽 매복호다. 평소에 4개의 매복호 중 2개만 근무하고 2개는 근무일지에 기록만 했다.

　매복하지 않는 매복호 중 하나는 거리가 멀어 근무투입과 철수에 시간이 많이 걸려 대원들이 기피했다. 근무투입 때 만조기가 되면 산길을 돌아 반나절 넘게 걸어야 한다. 또 하나 매복하지 않는 매복호는 방위병들이 근무하기를 극구 반대했다. 그 매복호는 귀신이 있다는 것이다.

　근무조 편성에 따라 서이동이 처음으로 귀신이 나오는 매복호에 배치되었다. 방위병은 출발하기도 전에 불만을 털어놓는다.

"서 일경님. 나는 매복호에는 들어가지 않을 것입니다. 서 일경님 알아서 하십시오."

귀신이 나오는 매복호는 종3품 묘에서 산기슭 두 개를 넘어 바닷가에 자리했다. 다른 매복호는 땅에 만들어졌지만 이 매복호는 용암이 흘러내려 바닷물과 맞닿은 암석층에 지어졌다.

매복호 진입로도 없다. 논두렁을 타고 바닷가까지 내려가야 했다. 바닷물이 매복호 출입구 두어 뼘 아래까지 들어온다. 서이동은 암석층에 찬 바닷물을 뛰어넘어 매복호 안으로 들어갔다. 방위병은 아예 논두렁에서 내려오지 않는다. 서이동이 고함을 쳐서 방위병을 매복호 안으로 불러들였다. 안으로 들어온 방위병이 쭈뼛거리며 주위를 둘러보다 서이동에게 말했다.

"나는 밖에서 근무 서겠습니다."

방위병은 매복호 밖으로 나가 다시 논두렁 아래에서 서성인다.

서이동은 혼자 매복호 출입구 옆에 앉았다. 가까이에서 바위를 때리는 파도 소리가 귓바퀴를 자극한다. 출렁이는 바닷물소리가 몸이 물에 잠긴 듯이 들린다. 교통호도 없이 암반 위에 지어진 매복호라 옥상에 오르기도 어렵다. 여차하면 도망 갈 곳을 찾는 사람처럼 방위병은 주위를 두리번거린다.

어둠 속에서 사면의 콘크리트 벽만 바라보던 서이동이 벽에 기대어 깜박 잠이 들었다.

─주위는 고요하고 아무런 형체도 없다. 움직이는 자신의 모

습도 없다. 1· 2· 3· 4· 5·★ ★-

서이동은 숫자 다음의 번쩍이는 불빛에 눈을 떴다. 꿈속의 숫자가 또렷하게 나타난다. 이런 꿈은 처음이다. 매복호 밖에서 바닷물 출렁이는 소리가 들리고 파도에 밀려온 빈 플라스틱 통이 매복호 끝에서 떨어지지 않고 부딪친다. 빈 통 부딪치는 소리가 사람 목소리 같다.

서이동은 눈을 크게 떴다. 갑자기 뇌리에 무덤이 떠올랐다. 숫자 다음의 불빛에 나타난 남자 얼굴이 사라지지 않는다. 서이동은 두려움과 신기함에 주위를 둘러봤다. 매복호 안의 공기가 따뜻하다. 그리고 알 수 없는 용기가 생긴다. 파도에 밀려 와 매복호 끝을 잡고 버둥거리는 빈 통 소리가 아까보다 부드럽다.

서이동은 방위병에게 이 근처에 무덤이 있느냐고 물었다. 방위병이 손전등 불빛으로 무덤을 가리키며 서이동 뒤로 물러선다. 바닷가와 담을 이룬 논 사이로 흐르는 개울 옆에 무덤이 하나 있다. 비석도 없다. 논 언덕과 개울 사이에 관목이 뻗어 있다. 자세히 보지 않으면 봉분을 알아볼 수도 없다. 서이동이 방위병에게 이 무덤의 주인을 아느냐고 물었다. 방위병이 서이동의 얼굴을 빤히 보다가 대답했다.

"이명수요."

-이명수는 3년 전에 죽었다. 방위병의 고향친구다. 어떻게

죽었는지 몰라도 이곳에서 시체가 발견되었다는 소문을 들었다. 그리고 시체가 떠밀려 온 자리에 매복호가 세워졌다. 그의 주검은 지금의 무덤자리에 장례절차도 없이 묻혔다. -

그 날 오후. 서이동은 방위병의 집을 찾았다. 이명수의 집에 가기위해서다.

방위병의 집은 초소의 마지막 매복호가 있는 이룡리 마을의 산 아래다. 이명수의 집은 방위병의 집보다 더 깊은 산 쪽에 있었다. 마을의 집들은 다른 마을의 집들 보다 간격이 컸다.

이명수의 어머니는 아들이 쓰던 방의 문을 열고 소지품을 가리켰다. 방위병은 방으로 들어가 이명수의 책상 서랍을 열면서 서이동을 불렀다. 이명수의 어머니는 방으로 들어오지 않고 "아이고- 아이고-" 소리를 내며 청 끝에 앉아 아들을 그리워했다.

방위병은 마치 자기 책상처럼 내용물을 들추어내었다. 고등학교 앨범. 사진 봉투와 편지 더미가 앉은뱅이책상의 안과 위에 그대로 놓여있다. 서이동이 이명수의 고등학교 앨범을 펼쳤다.

이명수 어머니가 아들의 영혼결혼식을 하게 되었다며 사연을 늘어놓는다.

"아이고- 아이고- 이제 결혼식을 하면 무덤도 옮길게다. 그 무덤은 물길에 놓여서 우리 아들이 불편한지 꿈에 보인다."

방위병이 이명수 어머니에게 영혼결혼식의 신부가 될 아가씨가 어디서 오느냐고 물었다. 이명수 어머니가 방문 앞으로 당겨 앉으며 설명한다.

"병산 사는 아가씨다. 동갑인데. 올 봄 부산에서 오토바이 사고를 당했단다. 아이고, 사진을 보니까 아가씨 인물이 좋더라. 우리 명수도 좋아할 끼다. 아이고-."

서이동은 귀를 밖으로 두면서 눈은 삼천포 공고 졸업 앨범에 붙었다. 3학년 1반 졸업생 얼굴이 지나가고 3학년 2반 졸업생 얼굴과 이름을 보고 서이동은 호흡이 멈춰졌다. 이명수 옆에 강인종의 이름이 적혀있다. 서이동이 더더욱 놀란 것은 신수도 애국자의 이름까지 나란히 실려 있다.

이명수 어머니의 이야기는 물레방아에 폭포가 쏟아지듯 돌아갔다.

"아이고, 아이고- 우리 명수 죽고, 삼년 만에 또 동생까지 잡혀갔다 아이가-."

방위병이 이외란 듯 친구어머니를 바라보며 눈을 멀뚱거렸다. 이명수 어머니도 방위병을 쳐다보고 말을 멈췄다가 이어갔다.

"아직 그것도 몰랐나? 아이고- 아이고, 통영에 사는 우리 막냇동생. 장근이 말이다. 아이고-."

방위병이 모르는 체 하지 못하고 고개를 끄덕이며 이명수 어머니에게 눈을 돌린다.

"그- 통영호 타다 북한에 끌려간 사람 말이다. 아이고, 아이고-"

서이동은 이명수 어머니의 이야기에 놀라서 발이 저린 줄도 모르고 숨을 죽였다. 이명수의 졸업 앨범을 덮고 이명수 어머니가 가리키는 편지를 서이동이 찾아들었다.

"아이고- 아이고. 그게 마지막 편지다. 우리 명수. 그 편지 받고 나가서 그만. 아이고- 아이고-."

서이동이 편지 봉투를 살펴보다 깜짝 놀랐다. 등기로 온 발송인이 강인종으로 쓰여 있다. 서이동은 손이 떨렸다. 편지를 봉투에서 꺼내기가 두려웠다. 서이동은 편지내용을 훑어보고 방위병에게 낮은 목소리로 분명하게 말했다.

"이 편지. 내가 가져가도 좋은 지 물어 봐?"

이명수 어머니가 서이동을 바라보며 가져가라고 손짓을 한다.

"영혼결혼식 때 어차피 다 불 태울 낀데. 뭘. 아이고-."

두 사람이 이명수 어머니를 말없이 바라본다. 세 사람이 마주보며 침묵이 어색해질 즈음 이명수 어머니가 청끝을 짚고 일어서서 부엌으로 달려간다.

"아이고- 고구마 준다는 게……."

이명수 어머니의 등에 산그늘이 올라탔다. 삶은 고구마를 가지러 부엌으로 달려가는 이명수 어머니의 뒷모습이 서이동의 시야에 오래 남는다.

막차를 타면 너무 늦다. 막차 앞차는 타야 한다. 서이동은 이명수 어머니가 내어 온 삶은 고구마를 다 먹지 못하고 일어섰다. 삼천포로 가는 차 시간은 넉넉하다. 바닷물에 비친 석양빛이 하천을 따라 붉은 물을 밀어 올린다.

이명수의 마지막 편지다.

등기우편의 발신인은 강인종이다. 보물지도를 보듯 서이동은 손전등을 켜고 편지를 펼쳤다. 이룡리 앞 매복호는 너무 멀어 소대장 순찰도 없다. 손전등 신호에 손전등으로 대답하면 된다. 그런 손전등 신호 확인도 쉽지 않은 매복호다. 서이동은 발신인부터 이상하다고 느꼈다. 강인종은 납북됐다. 우체국 소인은 삼천포 1974년 8월로 찍혀있다. 편지 내용은 간단하다. 취직자리가 생겼으니 오후 4시에 신수도 가는 선착장에서 만나자고 적혀있다.

서이동은 편지와 봉투를 다시 뒤집어보다 접어 넣고 다음 편지를 꺼냈다. 신수도의 애국자가 이명수에게 보낸 편지다.

'형님이 요즈음 사랑에 빠졌다'로 시작된 농담조의 문장이 첫 줄을 장식했다. 사랑의 대상은 담뱃집 딸 시숙이었다. 어릴 때부터 보고 자랐지만 시숙이 하얀 칼라를 맨 여고생이 된 뒤부터 나의 심장박동이 불규칙해졌다는 과거사에 최근의 심정을 보탰다.

삼천포 장날. 같은 배를 타고 신수도를 출발하여 같은 배로 돌아오는 긴 여행에 도망갈 수 없는 도선의 짧은 거리에서 오

빠처럼 연인처럼 나는 말 한마디를 못 붙였어. 나의 사랑 그녀
는 바다를 바라보고만 있었지. 나의 손길을 기다리며…… 다음
장날에는 나의 사랑에게 꼭 한마디 할 것이다. 오빠처럼…….

그건 그렇고 나도 배를 타는 직장은 구하고 싶지 않다. 인종
이가 생각나서 그런 게 아니라 파도처럼 흔들리는 삶이 싫다.
시간이 걸리더라도 두 다리 땅에 서서 돈 버는 일 하고 싶다. 너
도 땅에서 돈 버는 직장 구하기를 기대한다. 삼천포 나오면 연
락해라. 한 번 만나 묵자. 신수도에서 친구가 보냄.

서이동은 편지를 붙잡고 고개를 들었다. 검푸른 바다가 순
간적으로 밝게 보인다. 무릎을 친 서이동이 류시숙에게 편지
를 썼다. 오빠의 글씨가 담긴 편지나 노트를 구해주도록 부탁
했다. 그리고 만남의 장소는 학섬교회가 아닌 노산공원 입구
솔 다방으로 정했다.

허물어져가는 일본식 건물 이층 솔 다방에서 두 사람은 마
주 앉았다. 큰 길 창가에는 통일약국 간판이 보이고 샛길 창가
에는 노산공원의 소나무가 흔들린다. 다방 안에는 크리스마스
캐럴이 흘러나온다.

석 달 만이다. 이동은 시숙을 보고 미팅의 파트너처럼 좌석
에서 반쯤 일어섰다 앉았다. 시숙은 미소에 젖은 얼굴이 붉어
졌다. 두 사람은 마주보는 눈빛이 뜨거워서 나란히 앉았다. 노
산공원의 키 큰 소나무가 바람에 앞뒤로 오간다.

찢어진 오빠의 노트 두 장을 시숙이 이동에게 건넨다. 한 장은 정서체고 한 장은 반 흘림체다. 이동은 노트를 받으며 시숙을 보고 활짝 웃었다. 시숙은 이동의 웃음에 얼굴이 붉어졌다. 캐럴이 다방안의 공기를 팽창시킨다.

두 사람은 점심으로 돈가스를 먹고 노산공원에 올랐다.

바다 쪽 공원 끝에는 노산초소가 있다. 이동은 시숙의 손을 끌고 초소 반대편 소나무 아래에 섰다. 키 큰 소나무 주위에 작은 소나무들이 사이좋게 둘러섰다. 이동은 시숙의 가슴을 안고 입맞춤했다. 송진 냄새보다 짙은 시숙의 향기를 맡고 눈을 감았다. 오래 전부터 시숙이 바라던 행동이다. 이동은 두 번 입맞춤하지 않았다. 시숙의 가슴 뛰는 소리에 놀라 키 큰 소나무가 솔방울을 요란하게 떨어뜨린다. 소나무 사이로 통일약국이 보인다.

선착장으로 가는 두 사람이 서로 손을 흔들기 전에 '애국자는 결핵병원에 갔다'는 시숙의 말이 파도 소리를 막았다. 이동은 신수도로 가는 도선의 뱃고동소리를 듣지 않았다. 빠른 걸음으로 벌리동 시외버스 주차장으로 향했다.

'나는 시숙을 사랑하는가?'

고성읍으로 가는 완행버스가 화력발전소를 지나간다. 화력발전소 주위가 검은색이다. 이동은 고개를 숙였다. 오늘의 입맞춤은 사랑의 감정보다 오빠의 노트를 가져온 고마움에 나타난 행동이리라. 이동은 희미하지만 비열한 웃음의 구강구조를 보였다. 그렇지 않다고 도리질하지만 이동의 마음으로 사랑의 무게를 저울질 할 수 없다. 다음에 시숙을 만나면 '너의 오빠는 간첩이야.'라고 말할 수 있을까? 하이면 달밤군대 중대본부를 지난 버스가 불안정한 엔진소리를 내며 산길을 오른다.

 -통일약국 맞은 편 이층 솔 다방 오후 4시-
 이명수는 거울을 보며 넥타이를 다듬었다. 길이가 마음에 들지 않아 넥타이를 풀었다가 다시 묶었다. 휘파람 소리가 거울에 튕겨 나온다. 오늘 외삼촌의 소개로 취직 면접을 본다. 직장은 수산물 가공업체 삼천포 지사 직원이다. 배를 타지 않고 땅에서 일하며 월급을 받는 직장이다.
 이명수는 시계를 내려다보고 방문을 열었다. 축담의 구두가 빛난다. 새 구두가 발을 압축하여 발등에 압박감을 주지만 기분은 상쾌하다. 대문 밖의 철 이른 코스모스 꽃잎이 화려하다.
 "어려운 일 있으면 통일약국 사장한테 물어봐라."
 외삼촌의 목소리가 햇빛 보다 따갑게 귀를 찌른다. 통일약국 사장은 외삼촌 친구다.
 오후 3시 20분.
 이명수는 선착장 건너 통일약국을 둘러보고 큰길 맞은 편 솔 다방으로 올라갔다. 실내 테이블은 모두 8개. 이명수는 노산 공원 쪽 창가 가운데 테이블에 출입구를 바라보고 앉았다. 카운터와 주방 쪽 2개의 테이블에도 손님이 앉았다. 단골손님인

176

지 한 테이블에는 다방아가씨가 붙어있다. 다른 테이블의 손님은 하품을 하며 신문을 뒤적인다. 뒤통수에 흰머리가 수북하다. 이명수는 카운터 위의 벽시계를 보고 출입문을 살폈다. 출입문이 소리를 내며 열리기에는 아직 시간이 많이 남았다. 창가에는 노산공원의 소나무 그늘이 조금씩 움직인다.

이명수를 찾는 사람은 큰 키에 각이 진 얼굴의 미남형이었다. 그 옆의 삼천포 지사장도 체격이 야무졌다.

-태양수산 사장 이호웅-

이명수는 명함을 받아 상의 셔츠 앞주머니에 넣었다.

"이명수 선생 이야기는 이미 들어서 알고 있었지만 직접 만나니 생각보다 믿음이 갑니다."

소리 나지 않지만 함박웃음을 지으며 이호웅이 악수를 청했다. 이명수는 무너지듯 허리를 숙이고 두 손으로 악수를 했다.

"뭐- 더 볼 거 있겠소? 당장 다음 주 월요일부터 출근하시라요."

이호웅의 명쾌한 발언에 이명수의 가슴이 확 뚫렸다. 어색하게 긴장했던 이명수의 경계심이 존경심으로 바뀌었다. 이명수는 이호웅의 다음 말을 거절하지 못했다.

"술 한잔 해야지요."

세 사람은 선착장 옆 횟집으로 자리를 옮겼다. 이호웅은 술잔을 높이 들며 이명수에게 술을 권했다. 이명수도 사양하지 않았다. 삼천포 지사장은 술을 마시지 않는다. 이명수는 옷 속의 지갑을 매만지다 외삼촌의 얼굴을 떠올렸다.

"어려운 일 있으면 통일약국 사장한테 물어봐라."

이명수는 이호웅의 술잔을 거절하지 않았다. 집으로 돌아가는 걱정거리는 삼천포 지사장이 시원스럽게 해결했다.

"내가 배로 이룡리 집까지 모셔다 드리지요."

이명수는 허리끈을 풀었다.

저녁노을이 선착장을 뒤덮는다. 온 세상의 장미꽃잎을 바다에 짜놓은 듯 바닷물이 붉다. 이호웅은 강장제 드링크를 사러 통일약국으로 들어갔다. 이명수는 5톤 동력선이 내뿜는 와류를 내려다보며 미소를 지었다.

'이제 이력서를 쓰지 않아도 된다.'

이명수는 심호흡을 했다. 이호웅이 돌아오고 노을은 사라졌다. 항구의 등대가 불을 반짝인다. 삼천포 항구가 잡힐 듯 자신을 밀어낸다. 바다는 검푸른 빛으로 바뀌었다. 이명수는 늦여름의 해풍을 맞으며 집으로 돌아가는 행복감에 젖었다. 이호웅이 건넨 드링크의 촉감이 차갑다.

맥전포를 지나 펼쳐진 바다는 자란만이다. 자란만은 자신의 삶이 이루어진 곳이다. 이명수는 얼마 지나지 않아 이룡리 바닷가로 배가 다다를 것이라 추정하며 마음속으로 시간을 계산하고 있었다.

"이명수 선생. 강인종 동무 보고 싶지 않소?"

178

이호웅의 강한 말투에 이명수가 눈을 크게 떴다. 강인종은 납북된 친구라 이명수의 얼굴에 소름이 돋는다. 동력선은 뱃머리를 이룡리 반대편으로 틀고 있다. 뭔가 잘못되었다는 육감에 이명수가 이호웅의 행동을 확인하려 몸을 돌렸다.

"이 동무, 북으로 갑시다."

동력선의 속도가 갑자기 높아지고 이호웅이 자신을 향해 총을 겨누었다. 이명수는 아무 말도 하지 못했다. 속이 타고 입술이 버석거렸다. 믿어지지 않는 꿈같은 현실이었다. 이명수는 바다를 바라봤다. 바다는 어릴 때부터 함께 한 내 삶이다. 동력선은 뱃머리를 치켜들고 먼 바다로 사정없이 내달린다. 이호웅은 총을 겨누고 미소를 짓고 있다. 이명수는 긴 한숨을 쉬었다. 그리고 바다를 보고 웃었다.

'수영은 자신 있다.'

이명수가 이룡리를 향하여 힘껏 몸을 던졌다.

-풍덩-

이호웅의 외침을 실은 동력선이 멈추지 못하고 달린다. 이명수는 뒤돌아 봤다. 동력선이 어둠 속에서 멈춰 선다. 오 분 간만 헤엄치면 산기슭에 닿으리라 자신하며 이명수는 온몸을 움직였다. 바닷물은 견딜만하다. 이명수는 옷을 벗고 호흡을 조절했다. 자란만은 나를 키워 준 곳이다. 이명수는 사력을 다 했다. 동력선의 엔진소리가 다시 들린다.

이명수의 예상은 빗나갔다. 동력선이 돌아오는 데는 2분이

걸리지 않았다. 이명수는 술기운에 호흡도 빨라졌다. 동력선이 다가오면 배 밑으로 숨을 것이라 생각했다. 이명수의 생각은 또 빗나갔다. 이명수에게 다가온 동력선은 삿대로 이명수의 목을 눌렀다. 이명수는 목에 걸린 삿대를 피하기 위해 더 깊이 잠수했다. 삿대가 멀어지고 이명수는 배 밑으로 들어갔다. 어둠 속에서 파도보다 긴 숨을 내뱉었다.

이호웅은 씁쓰레한 미소를 지었다. 그리고 날카로운 소리를 냈다. 동력선의 스크루가 강한 와류를 만들고 이명수의 꿈은 산산조각이 났다. 깨어진 꿈의 색은 점성이 강한 붉은 빛깔이었다.

서이동은 내무반에서 두 장의 종이를 나란히 붙여놓고 글씨체를 분석했다. 한 장은 강인종이 이명수에게 보낸 편지이고 한 장은 류시국의 노트 글씨이다. 글씨체를 옮겨 적은 반투명 종이를 다른 글씨체에 겹쳐 두 글씨체를 비교했다. 유난히 눈에 띄는 글자는 'ㅂ'이었다. 두 글씨체 ㅂ 자의 우변 획이 똑같이 꼬부라졌다. 문장이 뒤로 갈수록 ㅂ 자의 우변 획이 둥글게 꼬부라진다. 서이동은 고개를 숙였다. 류시국의 얼굴이 시숙의 웃는 모습 속에 살아난다. 삼천포 경찰서의 이명수 사건조사보고서에 류시국이라는 이름은 없다.

잠꼬대

인사발령이 났다.

분대장부터 시작되었다. 더플 백을 챙기고 총을 멘 특경이 내무반을 둘러보며 이별인사를 한다. 대원들은 반응하지 않았다. 오른쪽 엄지손가락에 붕대를 감은 특경이 서이동에게 눈길을 멈췄다. 눈동자에 그늘이 진다. 붕대를 감은 손으로 지탱하던 특경의 더플 백을 서이동이 들었다. 특경이 내무반을 뒤돌아본다. 잘 가라고 인사하는 사람은 없다. 특경의 손가락 부상은 사흘 전에 있었다.

방위병 폭동 사건 이후 특경은 분대장의 권위를 완전히 상실했다. 자기 스스로도 대원과 방위병 앞에 서기를 꺼려했다. 사흘 전 특경은 매복호 주변청소와 보수작업을 위하여 대원들과 함께 현장에 도착했다. 대원들과 거리를 좁히지 못하는 특경은 작업현장에서 떨어져 혼자 일을 했다. 도시에서 자란 특경은 잡초제거나 가지치기 작업의 효율성이 바닥상태였다.

경북의성이 고향인 정성재는 도시출신 대원들의 풀베기 작업을 보면 혀를 차며 낫을 빼앗았다.

"저리 비켜. 풀을 베는 게 아니라 뜯고 있어. 그래 가지고도 밥은 한 사발 다 먹냐?"

나름대로 작업을 돕는다는 특경의 일거리는 대검으로 매복호 주변 나뭇가지치기였다. 특경은 왼손잡이다. 어린이 팔뚝만 한 나뭇가지를 자르기 위해 특경은 대검을 휘둘렀다. 가지가 꺾였지만 시원하게 부러지지 않는다. 특경은 꺾어진 가지를 오른손으로 누르고 대검을 내리쳤다. 꺾어 진 부분을 정 조준한 왼손의 대검이 힘차게 도착한 곳은 엄지손가락이었다. 특경의 비명을 들은 김태성이 볼 멘 소리를 냈다.

"자―식 저거, 쓸데없는 짓만 골라 하네."

학촌 정류소까지는 십 분 거리이다. 특경이나 서이동이나 말이 없다. 한 번씩 특경이 서이동의 눈길을 찾아 미소를 지었지만 서이동은 반응이 없다. 두 사람의 발걸음 소리만 경쟁하듯 들린다.

완행버스는 시간에 맞추어 도착했다. 서이동이 더플 백을 승강구 위쪽으로 밀어 넣었다. 특경이 출입문을 잡고 서이동을 바라보고 섰다.

"고맙소."

얼굴을 보지 않아도 서이동은 특경의 감정이 느껴진다. 자리에 앉지 못하고 버스 통로에 선 특경이 고개를 내밀고 손을 흔든다. 서이동도 손을 흔들었다. 특경의 엄지손가락에 감은 하얀 붕대가 목화송이처럼 보인다.

박이 터진 차석도, 코뼈가 부러진 밥쟁이도 더플 백을 챙겼다. 김태성도 노산초소로 발령이 났다. 더플 백을 짊어진 김태성이 오른손을 칼날처럼 펴서 서이동에게 경례를 한다.

"존경하는 서 일경님께. 충성."

서이동은 첫 집 건너 키 큰 소나무 아래서 김태성의 뒷모습을 오랫동안 보았다. 소나무를 스치는 바람소리에 김태성의 목소리가 실려 온다.

김태성의 자리에 김태성과 동기생이 들어왔다. 이상운이다. 호리호리한 체격에 말의 속도가 빠르면서 첫 발음이 뭉친다. 구강구조가 조상경과 비슷한 모양이다. 이상운은 조상경과 같은 초소에 두 번째 근무다. 전입 첫 날부터 두 사람은 경계심을 드러냈다. 두 사람의 에피소드는 중대에 소문이 나 있었다.

두 사람의 사이가 뒤틀린 사연의 사건이 일어 난 밤이다.

이상운은 점호를 마치면 오늘 밤 바닷가 가는 길의 상점집 딸과 만나기로 약속했다. 이상운에게 오후의 해는 너무 느리게 지나갔다. 몇 번이나 하늘을 쳐다봐도 해는 그 자리에 있다. 드디어 해가 기울기 시작한다. 점호시간은 한 시간 남았다. 이상운은 총을 어루만졌다.

이상운과 조상경은 근무경력이 일 년 가까이 차이가 난다. 기수도 아홉 기수나 벌어졌다. 점호준비를 하는 내무반에 조상경이 뛰어 들었다. 불안전한 구강구조를 보이며 근무일지를 펼쳐든다.

"오-오늘 근무에 변동이 생겼다. 이상운이 2번 매복호에서 5번 매복호로 이동해야겠다."

이상운이 깜짝 놀라 질문했다.

"왜-왜 갑자기 근무지가 바뀌었습니까?"

조상경은 구강구조를 엄숙히 하며 대답했다.

"소-소-소대장님 지시다."

이상운은 눈앞이 캄캄하고 다리가 풀렸다. 상점집 딸의 치맛자락이 펄럭이며 뇌리를 휘감는다.

5번 매복호는 바닷가를 거치지 않고 마을 뒤편 언덕길로 가야한다. 2번 매복호와는 반대편이다. 지금 달려가서 약속을 취소할 시간도 없다. 이상운은 어금니를 깨물었다. 2번 매복호 근무를 나서는 조상경은 표정관리가 쉽지 않았다. 불완전한 구강구조에서 연신 침이 흐른다.

약속시간은 밤 열한 시다. 상점집 딸은 조상경도 잘 안다. 이 초소에 근무한 기간은 이상운보다 짧아도 상점집 딸은 오다가다 웃으며 지나쳤다. 조상경은 오늘 밤의 밀회가 성공하리라 자신했다. 자신이 이상운보다 잘 생겼고 계급도 높다. 당연히

184

상점집 딸이 자신에게 안기리라 생각했다.

바닷가 방풍림이 끝나는 산 오르막에서의 약속시간. 달빛이 흐르는 소나무 사이에는 솔잎이 폭신하게 깔려있다. 달그림자와 함께 숨바꼭질하듯 다가오는 여인의 모습에 조상경은 가슴이 떨리고 아랫도리가 굳어졌다. 파트너가 바뀌었지만 상점집 딸은 늦가을 떨어지는 솔잎처럼 조상경의 가슴을 찌르지 않았다. 조상경은 구강구조를 완벽히 하여 다음의 만남을 약속했다. 상점집 딸은 소나무 사이로 비친 달빛 속에서 미소를 보냈다.

약속을 어긴 이상운은 상점집 딸에게 다음 만남을 퇴짜 맞았다. 자신의 정성과 사랑이 아직 모자란다고 여겼다. 이상운은 틈만 나면 상점집 딸에게 가까워지려했지만 그녀는 멀어져만 가고 그녀가 멀어지는 이유도 알았다.

이상운은 잠꼬대가 심하다.

수면 중에 잠꼬대로 대화를 한다. 그 날 오전 취침시간에 이상운의 잠꼬대가 개봉되었다.

"조운영이, 이 새끼— 두고 보자."

함께 누웠던 대원들이 다 들었다. 조상경이 벌떡 일어나 이상운 옆으로 갔다. 그리고 귓속말처럼 물었다.

"그래. 조운영이 그 새끼가 어떡했는데?"

이상운이 눈을 뜨고 말하는 것처럼 대답한다.

"조운영이, 그 새끼 내 몰래 상점집 딸하고 연애하고."

조상경이 숨을 죽이며 또 물었다.

"그래. 조운영이 글마 어떻게 할 낀데?"

이상운의 본심이 수면 위로 드러났다.

"조운영이 그- 개 새끼. 내가 직이 삐끼다."

조상경은 화가 났다. 이상운은 코를 골며 잔다. 조상경은 화를 참지 못했다. 꿈나라에 간 이상운을 잡고 흔들었다. 초소 옆 주인 없는 무덤가에서 조상경은 이상운에게 매질을 했다. 무려 50대를 내리쳤다. 그런 이후 이상운은 자고나면 주위를 살폈다. 혹시 자신이 잠꼬대를 하지 않았는가? 옆 사람의 반응을 알아보는 것이다.

달빛 흐르는 소나무 아래에서 상점집 딸과의 만남을 꿈꾸던 조상경의 환상도 한 달도 못가 벌을 받았다. 그것도 대낮에 상점집의 장독대 옆 뒤안에서 밥쟁이와 상점집 딸이 껴안고 있는 것을 목격했다. 조상경은 소리도 내지 못하고 구강구조가 비틀어지도록 웃었다.

새로 온 밥쟁이는 작고 야무진 체격에 목소리가 찰졌다. 고향이 진주이며 아버지가 사진관을 운영하신다고 한다. 새 밥쟁이 신우식은 서울에서 대학을 다니다 왔다. 신우식이 뿐만 아니라 중대 신병 대부분이 대학생이었다.

조상경은 신우식을 가까이 했다. 내무반에 이상운이 있으면 불편한 지 조상경은 식당이나 무덤가에서 신우식과 이야기를 많이 했다. 신우식은 전입한 지 열흘도 안 돼 면회를 왔다. 진주에 사는 친구들이라고 했다. 조상경은 무덤가 소나무 아래에서 신우식의 친구들과 음료수를 나누며 즐거워했다. 그런 뒤로 신우식의 면회는 한 주를 거르기 무섭게 이어졌다. 늘 왔던 친구들이다. 그럴 때마다 조상경은 즐겁게 어울렸다. 면회 온 날 신우식은 친구들과 외출도 나갔다. 밥쟁이의 봄날이었다.

그 날은 조상경이 대원들에게 신우식의 면회 온 친구들과 어울리도록 명령했다. 소나무 아래 웃음꽃이 만발할 때다. 생각지도 못한 소대장이 초소로 들어와 고함을 쳤다.

"이 자식들. 너희들 간첩 아니야?"

지금까지 보지 못한 소대장의 행동이었다. 조상경도 엉거주춤 일어섰다. 신우식을 향해 소대장이 목청을 크게 높였다.

"야 임마. 너만 친구가 있고, 고향이 경남인 줄 알아?"

소대장이 둘러 선 대원들을 가리키며 신우식을 질책했다. 신우식의 친구들은 소나무 사이로 사라졌다.

조상경의 밥쟁이 사랑은 식을 줄 몰랐다. 신우식의 면회가 끊어지자 조상경은 팝송 공부를 했다. 선생은 신우식이다.

"요새 유행하는 팝송 이름 몇 개 적어주라. 한글로."

신우식이 톰 존스를 적고 '그린 그린 그래스 오브 홈' 옆에 '고향의 푸른 잔디'라 적었다. 그리고 설명을 덧붙인다. 이 가수가 부른 노래는 '딜라 일라'도 있고 '비너스'도 있습니다. 조상경은 손을 내저었다.

"너무 많이 하면 내가 못 알아먹어."

조상경은 신우식이 적어 준 쪽지를 들고 외출했다. 팝송을 좋아하는 아가씨를 만나기 위해서다.

그 아가씨는 고성읍 버스 주차장 입구 송학 양과점 사장 딸이다. 아가씨는 아버지를 도와 양과점 손님들을 맞이했다. 조상경은 첫 눈에 그 아가씨에게 반했다. 그 아가씨가 좋아하는 취미도 알아냈다.

-팝송 듣기와 즐거운 대화-

아가씨의 나이는 스물 셋. 용모는 아버지가 만든 빵보다 훨씬 부드럽고 달콤하게 생겼다. 조상경은 오토바이 핸들을 잡아 돌렸다.

'딜라일라'를 부르면서 조상경은 외출허가도 없이 외출했다. 목적지는 송학 양과점이다. 돌아오는 길에는 자신의 어장막이 설치 될 바닷가에서 미래를 손꼽아 보며 침을 삼켰다. 팝송의 제목을 들먹이지 않아도 송학 양과점 아가씨는 조상경의 심중과 실력을 눈치 채고 있었다.

제대가 가까워올수록 조상경은 내무반에 앉아 입으로 멸치를 잡았다.

"얼마나 걷어 올릴까? 일 년에 천만 원? 이천만 원?"

손가락을 오므렸다 폈다. 그리고 벽을 바라봤다. 그리고 벽을 바라보던 조상경의 구강구조가 벌어진다. 오전 고기잡이가 끝났다.

소대장은 입이 탔다. 근무기간이 보름도 안 남았다. 지나간 일 년이 뒤통수를 친다. 조운영의 입에서는 똑같은 말이 튀어나온다. 소대장은 눈을 감았다.

부산시 경찰국으로 전출될 것이라는 소대장의 꿈은 이루어지지 않았다. 다시 경남경찰국 양산경찰서로 돌아가기 위해 이삿짐을 싸는 날 소대장은 서이동을 보고 울었다. 자신에게 이별의 충성을 하는 서이동에게 다가와 소대장은 잠꼬대 같은 소리를 냈다.

"미안하다."

서이동은 바다를 보고 걸었다. 방파제 둑길에 파도가 달라붙는다.

"서이동. 힘내라!"

소대장의 웃음 띤 목소리가 둑길을 흔든다.

"니도 빽 있잖아."

소대장은 자신의 가슴을 가리키며 목청을 높였다.

"촌에 지서장 빽 말이다."

지서장은 소대장 계급과 같은 이파리 세 개. 경사다. 서이동은 뒤돌아보지 않았다. 정오의 햇빛에 바다가 눈부시다. 출렁이는 파도에 학섬이 흔들린다.

염소 두 마리

세 번째 특경이다.

내무반의 대원들은 아무런 반응이 없다. '특경' 소리에 얼굴을 돌린다. 서이동이 말없이 내무반을 나섰다. 버스 도착시간은 넉넉하다.

완행버스에서 내리는 사람 중에 특경이 가장 빛났다. 서이동은 경례하지 않았다. 손을 내밀어 더플 백을 받으려 하자 특경이 거절하며 자신의 어깨에 걸친다. 선배들에게 교육을 받은 듯 했다.

서이동은 특경을 살피면서 걸었다. 두 번째 특경보다 덩치도 크고 인물도 좋다. 인상도 부드럽다. 미남형이지만 센티멘털 해 보인다. 특경은 묻는 말 이외는 말하지 않았다. 서이동도 말하지 않았다. 군기가 들어서 그런지 특경의 걸음이 빠르다. 둑길 다리에서 서이동이 물었다. 두 번째 특경에게 했던 말이다. 세 번째 특경이 답했다. 두 번째 특경과 똑같은 말이다. 서이동은 슬그머니 짜증이 났다. 계급에 도취되어 적인지 아군인지 구별도 못하는 분대장 교육을 하는 국방부가 한심스러웠다.

둑길 끝 붉은색을 띠는 황토밭 소나무 아래에서 서이동이 결론을 얘기했다.

"어려운 일 있으면 나에게 말해요."

특경의 눈빛이 서이동의 얼굴을 할퀴고 돌아선다. 서이동은 한숨이 나왔다.

소대장이 떠난 자리는 부소대장이 임시로 배치되었다. 일주일에 2~3일간 출장근무 형태이다. 마을 사람들에게 인기 좋았던 조상경의 제대 산따이는 많은 조합원이 참석했다. 그러나 산따이를 시작하기도 전에 부소대장이 군화를 신은 채 방 안으로 들어섰다. 방 안의 차분한 분위기에 놀랐는지 부소대장은 아무 말 없이 되돌아갔다. 서이동은 부소대장에게 한 시간의 회식시간을 허가 받았다. 단 산따이는 하지 않는 조건이다. 깨어진 산따이를 대신하여 대원들은 구판장에서 맥주 한 병씩을 마시고 조상경의 제대회식은 끝이 났다.

서이동과 조상경은 구판장 옆 바닷가 둑에 걸터앉았다. 조상경이 거침없이 구강구조를 변형시킨다. 마지막 밤을 보낼 정열의 대상으로 구판장의 강복길을 요구했다. 서이동은 거절하지 않고 일어섰다. 조상경의 파트너는 이 동네 제일 큰 어장을 가진 집의 딸이다. 서이동은 강복길에게 가지 않고 방파제 둑길을 지나 초소로 돌아왔다. 대원들이 모두 떠난 바닷가에서 달빛이 파도에 부서지는 바다를 향해 조상경은 가슴이 터져라 하고 소리쳤다. 그 소리는 수평선까지 닿지 못했다.

조상경이 전역한 날 오후에 이상운이 몽둥이를 들었다. 몽둥이의 대상은 밥쟁이었다. 신우식의 봄날은 조상경과 함께 떠났다.

조상경 자리에 경찰서에서 근무하던 대원이 전입했다. 강상경이다. 조상경보다 세 기수 아래지만 서이동 보다 다섯 기수가 높다. 서이동 위의 기수 간격이 뜬 것은 소대장들이 일부러 서이동 위 고참 기수를 받지 않은 탓이다.

강상경은 술을 먹으면 울었다. 큰소리로 울었다. 첫사랑 '숙자'를 부르며 벽을 치고 울었다. 대원들은 강상경이 첫사랑과 헤어진 지 얼마 되지 않아 그런 줄 알았다. 대원들도 처음에는 그의 슬픔을 위로했다. 그러나 강상경은 술만 먹으면 첫사랑 '숙자'를 부르고 벽을 치며 큰소리로 울었다. 눈물도 많이 나왔다. 얼굴색은 다소 검지만 허우대 멀쩡한 강상경의 술주정을 보고 대원들은 혀를 차다말고 한 마디씩 내뱉었다.

-미친 놈!-

세 번째 특경이 온 지 일주일이나 지났는가? 서이동은 특경에 대하여 잊고 있을 때다. 특경이 서이동을 찾았다. 점심을 막

먹고 난 뒤다.

"서 일경님, 도와주십시오."

서이동이 특경의 얼굴을 쳐다봤다. 특경의 표정이 집 잃은 개가 주인을 찾은 듯한 모습이다. 눈가에 물기가 맺혔는지 원래 센티멘털한 지 서이동은 알 수 없었다.

"배가 고파 못 살겠습니다."

특경의 목소리에 서이동의 배가 괜히 아렸다. 설명하지 않아도 다 들린다. 서이동은 말없이 일어섰다. 초소 입구 무덤가는 조용하다. 바다에서 배 다니는 소리가 두 사람을 파고든다.

서이동은 특경의 얼굴을 보지 않고 앞만 바라봤다. 특경의 눈을 보면 자신의 눈도 젖을 것 같아 애써 먼 하늘만 바라봤다. 구판장까지 말 한마디 없이 걸었다. 강복길에게 밥 한 끼를 부탁하고 특경이 밥그릇을 다 비울 때까지 서이동은 곁에 있었다. 특경은 과자도 좋아했다.

학섬에는 염소가 자란다.

방위병들은 모두 알고 있다. 방목하는 염소의 주인은 상촌의 임씨다. 학섬은 국가 땅이다. 방목은 불법이다. 솔잎이 찬바람을 맞고 소리를 내며 떨어진다. 방위병들은 입맛을 다셨다.

"올해는 염소가 몇 마리나 더 늘었을까?"

겨울이 오면 임씨는 염소의 수를 확인하고 염소우리를 보강한다. 솔잎이 바람소리를 자주 낼 때 A조 방위병 조장이 정성재에게 그의 결심을 전달했다.

"염소 한 마리만 잡아먹읍시다."

정성재가 입에 바람소리를 내며 서이동을 쳐다본다.

"뒤처리는 제가 깔끔하게 하겠습니다."

정성재는 염소를 잡아본 경험이 있다고 자랑했다. 서이동이 정성재를 바라보고 입에서 바람 빠지는 소리를 냈다. 정성재는 거듭 굵은 목소리로 다짐을 한다.

"제가 전문가입니다."

서이동이 코로 바람을 크게 들이마시드니 입을 열었다.

"도축장소는 초소 밖에서 해야 한다."

정성재의 대답보다 방위병의 함성이 먼저 나왔다.

그 날이 왔다. 겨울철 염소고기는 전통의 보양식이다. 특히 임산부에게 좋다.

정성재는 학섬을 노려본다. 그믐께에 만조 때다. 간첩이 들어오기 좋은 시기다. 정성재는 미소가 번지는 입가를 손으로 쓰다듬었다.

서이동은 초소 전망초에서 학섬 염소 포획작전을 지켜보았다. 상륙시기에 맞춰 탐조등은 학섬 쪽으로 비추지 말도록 지시했다. 정성재가 지휘하는 공격함선이 충분히 어두운 바다를 헤치고 암흑의 땅으로 돌진한다. 포획조가 숲속으로 들어가는 모습은 서이동의 시야에 보이지도 않았고 염소의 울음소리도 들리지 않았다. 통신 보안을 위하여 워키토키와 딸딸이 전화는 사용하지 않기로 약속했다. 그 대신 염소해체 작업이 이루어지는 종3품 묘 고갯마루에서 성공여부를 손전등으로 신호하기로 했다. 서이동은 새벽 3시에 정성재로부터 신호를 받았다.

-번쩍 번쩍-

서이동도 안도의 한숨을 쉬며 손전등을 두 번 켰다 껐다.

그 날 새벽 대원들과 방위병은 염소구이와 수육으로 특식을 했다. 염소탕국은 다 먹지 못하고 바다에 버렸다. 전우애와 결속을 다진 방위병과 대원들은 해가 뜨기도 전에 초등학교 운동장으로 달려가 발정 난 암캐처럼 축구시합을 두 번 했다.

다 먹지 못하고 버린 염소탕 국물이 B조 방위병들에게 흘러갔다. 강경렬이 군침을 흘리며 서이동을 협박한다.

"서 일경님- 우리도 입이 있습니다."

옆에서 말리는 듯하며 김갑훈이 더 얄밉게 군다.

"소문나면 누가 책임집니까? 서 일경님-."

못 들은 체 웃고 있던 진재규 마저 한 수 더 뜬다.

"그러지 말고 우리끼리 한 마리 더 잡아먹자."

찬바람이 서리를 몰고 오면 학섬 염소 잡기도 힘들다. 주인 임씨가 모두 거두어들인다. 강경렬을 비롯한 B조 방위병의 끈질긴 협박 같은 요구에 서이동이 정성재를 불렀다. 정성재는 고개를 흔들었다.

"한 마리는 몰라도 두 마리는 주인이 눈치 챌 겁니다."

정성재는 굵은 목소리 뒤에 구강에서 바람과 혀의 심한 마찰음을 낸다. 서이동이 말없이 정성재를 바라봤다. 정성재가 고개를 돌리며 지난 번 포획작전의 고생담을 토로한다.

"방목을 해서 그런지 염소가 어찌나 재빠른지, 그 날 밤 포기하고 싶었습니다."

정성재의 변명에도 서이동은 대답 없이 학섬을 바라본다. 학섬의 염소들이 울타리 사이로 목을 내밀어 초소를 노려본다.

서이동이 결론을 내렸다. 작전은 정성재가 지휘하되 포획처리는 방위병들이 하기로 한다. 큰 소리 치던 B조 방위병들의 얼굴이 굳어졌다. 학섬의 염소들이 사이렌을 울린다.

두 번째 그 날이 왔다.

정성재의 노련한 지휘와 강경렬의 과감한 작전능력에 임씨 방목장의 염소 한 마리가 또 사라졌다. 첫 번째 날처럼 공포감도 없었다. 작전은 첫 번째 날보다 한 시간 일찍 끝났다. 먹는 일만 남았다. 첫날의 경험을 바탕으로 염소탕은 아예 만들지도 않았다. 두 번째 특식을 해치운 방위병과 대원들은 초등학교 운동장으로 내달렸다. 군복을 풀어헤친 그들은 발정 난 암캐를 쫓는 수캐처럼 점심때까지 축구와 배구를 했다.

보름 만에 듣는 어둠 속의 파도 소리가 외롭지 않다.

두 번째 정기휴가를 마치고 귀대한 날 밤 서이동은 후반근무를 서기위해 초소 전망초에 앉았다. 학섬을 훑고 돌아가는 탐조등 불빛이 힘차다. 서이동은 불빛을 따라 시야를 움직였다. 바다와 산이 눈앞까지 솟아오른다. 전망초 밖의 방위병이 움직일 때마다 빈총에서 달그락거리는 소리가 난다. 서이동은 의자에 등을 기댔다. 밀려왔다 되돌아가는 파도 소리에 미소가 솟는다.

-따르륵 따르륵-

서이동이 관등성명을 대고 수화기를 귀에 붙였다.

"야 임마. 서이동. 너 당장 탐조실로 올라 와."

강상경이다. 서이동은 천천히 몸을 움직였다. 무슨 특별한 상황을 생각하고 싶지 않았다. 그저 앞만 보고 걸었다. 탐조실 입구 꺾어진 길목이다. 오른쪽에 둔덕이 있다.

"억-."

서이동이 배를 잡고 둔덕에 쓰러졌다. 둔덕 꺾어진 부분에서 강상경이 튀어나오며 고함을 지른다.

"내가 이래 봐도 태권도가 4단이야."

서이동은 인상을 찌푸렸다. 강상경이 주먹질한 배의 반대편에 통증이 온다. 서이동은 둔덕에 기대었던 몸을 천천히 일으키며 주먹을 쥐었다. 서이동이 강상경을 마주보고 섰다. 강상경의 숨결에 홍시냄새가 난다. 무슨 일이냐고 서이동이 짜증스레 물었다.

"니- 휴가 간 뒤. 내무반에서 나에게 인사하는 놈이 하나도 없어."

강상경은 몸을 흔들며 울부짖었다. 서이동은 말없이 강상경을 쳐다봤다.

"내 앞에서 이상운이 불러다가 빠따를 쳐라. 그렇지 않으면 나 오늘 가만히 안 있는다."

강상경이 발버둥을 치며 악을 썼다. 서이동은 이상운을 부르고 싶지 않았다. 마음 같으면 강상경을 한 대 후려치고 싶었다.

서이동이 한참 지나서 전화기를 돌렸다. 매복호에 근무하던 이상운이 뛰어왔다. 상황을 감지한 이상운은 강상경 옆으로 오지 않았다. 서이동도 강요하지 않았다. 강상경은 서이동에게 매질 할 것을 반복했다. 서이동은 이상운을 매질하지 않았다. 강상경은 소리 지르며 날뛰었다. 서이동이 이상운에게 달래듯 가라앉은 목소리로 말했다.

"앞으로 강상경에게 인사해라 내 말 알아들었으면 가 봐라."

이상운이 서이동에게 '충성' 하며 경례하고 어둠 속으로 사라지며 내뱉었다.

"씨-발."

술만 먹으면 외치던 '숙자' 소리가 어느 날 탐조실에서 사라졌다. 서이동은 강상경이 제대이후의 미래를 설계하고 준비하는 줄 알았다. 그러나 방위병들의 이야기는 달랐다. 밤만 되면 강상경은 마을로 들어간다고 한다.

강상경이 몰래 가는 곳은 마을 언덕배기 어촌계장 집 아래채였다. 그곳에는 어촌계장의 막내딸이 있었다. 막내딸의 나이는 열일곱이다. 창문을 열면 강상경이 근무하는 초소 입구가 빤히 보인다. 열일곱 아가씨는 길가의 지붕을 납작하게 누르는 달빛을 맞으며 외쳤다.

"나는 강상경님과 결혼할 거예요."

마을 가로등 불빛은 바다를 더욱 어둡게 만든다. 강상경은 제대할 때까지 도둑고양이처럼 마을언덕배기를 오르내렸다.

아버지의 사진기

새로 이전한 초소 뒤편 소나무 아래에도 무덤이 있다.

부부 묘가 사이좋게 누웠다. 묘지 가장자리에는 초소를 지키는 개집을 만들었다. 경찰견은 수놈이지만 아직 어리다.

새 소대장이 왔다.

이름은 '영웅'이고 성은 노씨다. 이번에 경사로 진급한 2소대 부소대장이다. 조그만 체격에 피부가 희다. 웃는 모습은 마치 남을 놀리는 것 같은 표정이다.

새 소대장의 신고식은 바닷가 암반에서 치러졌다. 새 초소에는 마당이 없다. 내무반 옥상도 흙과 잔디로 덮였다. 저녁 점호 시간이다. 노 소대장은 대원들을 손과 발로 차고 때렸다. 유독 두 사람을 타격했다. 한 명은 서이동이고 또 한 명은 서이동보다 근무평점이 바로 아랫단계인 대원이다.

"너희 두 놈이 소대에서 평점이 제일 높다면서."

소대장은 히죽거리듯 연신 입을 놀리며 두 사람을 때렸다. 발차기도 했다. 서이동보다 평점이 낮은 대원은 키가 크다. 소 대장의 차오른 발이 대원의 허리에도 닿지 않는다. 맞는 대원 의 복창소리와 소대장이 내지르는 목소리는 파도 소리에 묻혀 서로 알아들을 수 없다. 바닷물이 만조를 향하여 암반으로 몰 려온다.

서이동이 차례다.

소대장은 서이동을 마치 샌드백처럼 구타했다. 불규칙한 암 반에서 발차기를 하는 소대장의 몸이 뒤로 쏠려 헛발질을 한 다. 헛발질을 하고 나면 입에 거품이 나도록 소리 지르며 주 먹질을 해댄다. 밀물의 파도가 점점 거칠어져 암반을 삼킨다.

서이동은 소대장의 발길질과 손끝을 맞고 피하며 암반 끝까 지 뒷걸음쳤다. 서이동은 새 소대장과 두 번째 근무다. 졸병 때 파견근무지에서 한 달가량 함께 근무했다. 진주의 소대장 집 에도 가 봤다.

서이동은 밤의 파도 소리에 헛기침을 보탰다.

'어깨에 이파리 하나 더 달더니 이 사람이 분에 넘쳤나?'

이제 더 가면 바닷물이다. 소대장은 자신의 '쿵푸' 실력에 도 취되어 어둠 속에서 구호를 외치며 손과 발을 놀렸다.

"니가 임마, 이 소대에서 제일 높은 점수를 받은 놈이냐?"

서이동은 이제 바다의 손아귀까지 밀려왔다.

"그래. 니. 얼마나 잘 났는지 두고 보자."

소대장은 자신의 흥에 취하여 아무것도 보지 못했다. 물러설 곳이 없는 서이동이 가슴에 두어 번 구타를 당하고 파도 소리보다 조금 더 크게 그리고 천천히 목청을 뽑았다.

"소대장님, 와- 내만 때립니까?"

서이동의 목소리에 정신이 든 듯 소대장은 자신의 '쿵푸' 동작을 멈추었다. 어둠 속에서 '점호 끝'을 외치는 특경의 목소리가 파도에 부서진다.

노 영웅 소대장의 취미와 특기는 분대원들의 구타와 경찰견의 자위행위를 몸소 실천시키는 것이었다. 그것도 분대원들이 보는 앞에서 발기한 경찰견을 대신하여 즐거워했다.

분대장의 임무는 아침부터 소대장에게 꾸지람 듣고 손찌검당하는 것이다. 그럴 때면 분대장은 붉어진 얼굴로 주위를 두리번거렸다.

내무반에는 또 한 명의 경찰서 전입 고참이 드러누웠다. 강상경 대신 온 문상경이다. 서이동보다 세 기수나 빠르다. 문상경은 보통 체격에 말수가 적었다. 특히 서이동에게는 거의 말을 걸지 않았다. 서이동은 문상경이 자신의 얼굴 흉터를 보고 두려워한다고 느꼈다.

소대장이 처음으로 외박을 간 날이다. 분대원들은 약속이나 한 듯 술을 찾았다. 자정이 넘어 슬금슬금 초소로 모이드니 내무반에 술판을 벌렸다. 새벽 두 시다. 서이동은 내키지 않았지만 문상경은 아래 대원들 편을 들었다.

"야- 분대장. 어디 갔어?"

서이동보다 평점이 바로 아랫단계인 키 큰 대원이 소리쳤다. 키 큰 대원은 정성재와 교체됐다.

"야- 우리도 신고 한 번 받아보자."

키 큰 대원의 고함에 모두 박수를 치고 특경을 불렀다.

"어이 특경. 노래 한 곡 쏴 봐."

대원들은 소대장의 억눌림에 대한 분풀이라도 하듯 특경을 몰아세웠다. 특경의 얼굴이 터질 듯 붉다. 아무리 둘러봐도 자신을 구해 줄 사람은 없다. 대원들은 모두 침상에 서고 특경 혼자 내무반 통로바닥에 섰다. 술 취한 대원들이 특경에게 신고할 것을 강요한다. 서이동도 내무반 침상에서 특경을 내려다 봤다.

"이 자식, 오늘 맛 좀 보고 싶나?"

술 취한 장정 아홉 명이 늘어선 침상을 올려다보는 특경의 눈빛은 공포의 반사체다.

특경은 소리 질렀다. 자신이 지휘해야 할 부하들에게 복종한다는 신고를 했다. 대원들은 박수치며 웃었다. 노래 한 곡도 장전하라는 대원들의 요구에 특경이 어찌할 줄 모른다. 서이동이 나섰다.

"김성근이. 너. 분대장 데리고 나가서 마무리 해."

김성근은 특경과 고등학교 동문이다.

김성근이 특경을 데리고 나가자 키 큰 대원이 서이동에게 항의한다. 서이동이 화를 냈다. 키 큰 대원은 전번 초소에서 분대장에게 항명하다 동기인 정성재와 교체됐다. 문상경은 아무 말도 없다. 그 날 밤 김성근과 특경이 무슨 일을 했는지 서이동은 확인하지 못했다.

그 날 이후 특경은 아침 구보를 하고나면 가슴 통증을 호소했다. 소대장은 특경이 나약하고 패기가 없다고 손찌검까지 하며 나무랐다.

"분대장. 병원에 가 봐."

서이동이 소리쳐도 특경은 괜찮다며 버텼다. 그러나 특경의 몸 상태는 나아지지 않았다.

특경의 아버지가 면회를 오고 특경은 아버지와 함께 집으로 갔다. 일주일 뒤 특경이 보낸 휴가사유다.

-갈비뼈 골절. 소대장의 구타가 원인-

소대장은 웃음을 잃었다.

겨우 어깨에 하나 더 붙인 추풍낙엽이 떨어질 판이다. 소대장은 급히 특경의 집으로 달렸다. 소용없었다. 특경의 아버지도 경찰공무원 퇴직자였다. 소대장은 중대장에게 도움을 청했다. 중대장과 소대장이 함께 특경의 집을 찾았다. 그래도 특경은 돌아오지 않았다.

"소대장이 일주일간이나 발이 손이 되도록 빌었습니다."

소대장 전령의 이야기다. 서이동은 소대장의 고개 숙여 비는 모습이 무덤가 경찰견이 밥쟁이에게 꼬리치는 모습으로 떠올랐다.

특경의 갈비뼈 골절은 소대장이 외박한 날 밤에 일어났다.

서이동이 특경을 보호하기 위해 김성근에게 마무리 대화를 지시한 새벽이다. 김성근은 서이동의 명령에 자신 있게 특경과 나란히 무덤가에 앉았다. 고등학교 동문이라는 강렬한 끈을 무기로 김성근이 특경을 설득했다. 그러나 특경은 설득당하지 않았고 김성근은 화가 났다. 서로가 다른 똑같은 말을 되풀이하다 김성근이 벌떡 일어섰다. 소나무 사이를 이어놓은 각목을 빼어들고 휘둘렀다.

"이 새끼가-."

특경이 일어서다 각목에 옆구리를 맞았다. 분이 풀리지 않은 김성근이 안경을 벗어 던지고 다시 각목을 휘둘렀다. 특경은 아까보다 더 심한 충격을 받았다.

"억-."

특경이 주저앉고 김성근이 그 앞에 섰다. 김성근이 특경을 불렀지만 특경은 대답이 없다. 무덤 쪽으로 기울어지는 특경을 김성근이 부축했다. 초소를 지키는 어린 경찰견이 꼬리를 흔들며 짖지 않고 바라본다.

소대장이 중대장의 명령을 읊조리면서 서이동을 보고 웃었다.

"서이동. 나 좀 살려줘. 소대장은 초소에서 아버지 같은 사람이잖아."

서이동은 특경의 집으로 향했고 특경은 35일 만에 초소로 돌아왔다.

자란만에 양식 굴 따기가 한창이다. 서이동은 전망초 옆 빈 터에 연탄불을 쬐며 방위병과 앉았다. 연탄화로는 식당에서 옮겨왔다. 화로 위에는 양식굴이 김을 내뿜는다. 쇠붙이 화로 뚜껑이 수증기를 솟아내며 참을 수 없는 소리를 만든다. 방위병이 손바닥크기만한 굴을 뒤집었다. 굴 껍질 윗부분에 고였던 바닷물의 찬 기운을 맞은 화로의 쇠뚜껑이 쩍 소리를 내며 갈라진다. 갈라진 쇠뚜껑 사이로 연탄불의 붉은 열기가 눈썹을 그을린다. 서이동이 손을 내저으며 뒤로 물러앉았다. 여명의 전조로 바다가 검게 빛난다.

방위병이 구워진 굴을 쪼개어 서이동에게 먹으라고 권한다. 굴에서 수증기와 갯내음이 뛰어나온다. 서이동은 손바닥크기만한 굴을 한 입 삼켰다. 입 속을 가득 채우고 매끄럽게 뱃속으로 내려가는 굴의 불맛과 물맛에 눈이 번쩍 띄었다. 서이동이 처음 맛보는 잊을 수 없는 맛이다. 서이동은 방위병에게 굴맛을 칭찬했다. 오늘 구워먹은 굴은 남의 양식장에서 몰래 따온 것이다.

여명의 바다 빛깔이 흑색에서 남색으로 변해간다. 밥쟁이가 일어날 시간이다. 깨어진 화로쇠뚜껑을 방위병이 얼른 치운다.

서이동은 눈꺼풀을 부축이며 연탄불을 쬐며 앉아있었다. 식당으로 갈 밥쟁이가 서이동에게로 다가왔다. 걸음걸이가 무겁다.

"서 일경님. 드릴 말씀이 있습니다."

서이동이 고개를 반쯤 돌려 신우식을 바라봤다. 신우식이 뜸을 들이다가 혀가 달라붙는 목소리를 냈다.

"제 사진기 좀 찾아 주십시오."

서이동이 허리를 세우고 말없이 신우식을 쳐다본다. 신우식이 서이동의 눈치를 보며 입을 열었다.

"조 상경님이 잠시 쓰고 돌려준다고 했는데……."

조상경은 제대했다. 서이동은 초점 없는 눈빛으로 신우식을 바라봤다. 신우식이 움찔거리다가 말을 이었다.

"그 사진기는 아버님이 목숨처럼 아끼는 사진기입니다."

서이동은 신우식을 바라보지도 않았다. 신우식은 두 손을 비비며 서이동의 대답을 기다렸다. 학섬을 바라보던 서이동의 고개가 제자리로 돌아온다.

"알았다."

서이동의 대답에 신우식의 한숨소리가 서이동의 귓바퀴를 밀어붙인다.

제대한 조상경의 어장막은 자란만 끝 통영 쪽 기슭에 있다. 바닷길로는 초소에서 직선거리이다. 서이동은 뒤돌아서지 못하고 불안해하던 신우식의 모습을 읽고 그 날 밤 배를 준비했다. 노 젓는 배다.

신우식은 노 젓는 배를 처음 탄다. 뱃전을 꽉 잡은 모습이 어둠의 두려움보다 발아래 출렁이는 물에 대한 무서움이 더 커 보인다. 자신의 감정을 숨기기 위해 서이동에게 눈웃음을 보내지만 신우식은 아버지의 사진기를 찾지 못 할지도 모를 자신의 모습을 그리고 있었다.

방위병 2명은 교대로 노를 저었다. 신우식은 한 마디 말도 없다. 육지로 가면 버스를 두 번 타야 갈 수 있는 길이다. 파도가 없어 생각보다 일찍 도착했다. 배가 육지에 닿기도 전에 조상경이 뛰어 나왔다. 충격으로 구강구조가 말을 만들지도 못한다. 서이동이 경례를 했다.

"충성!"

조상경이 얼굴을 붉힌다.

"추-충성은 무슨 충성."

만나기 전보다 막상 만나니까 훨씬 즐겁다. 정해진 결론의 만남에 많은 말은 필요 없지만 서이동은 특유의 말주변을 늘어 놓았다. 조상경도 구강구조를 불안정하게 변화시키지 않았다. 사진기를 받아 든 신우식은 목구멍의 목젖이 보이도록 웃었다.

돌아오는 배의 노 젓는 소리에 박자를 맞춘 신우식의 콧노래가 흐른다. 서이동은 초소를 바라봤다. 탐조등 불빛이 시야를 하얀색으로 바꾼다. 총 대신 그물망으로 바다를 지키는 조상경의 마지막 인사다.

"올봄에 어장 넣으면 멸치 한 포씩 꼭 갖다 줄게."

서이동은 웃음이 나왔다. 제대한 강상경도. 문상경도 몇 번이나 되풀이한 말이다.

문상경은 제대회식 때 서이동 앞에서 대성통곡했다. 자기가 믿었던 졸병들이 자신의 태도를 꼬집고 대들었다. 여차하면 싸울 기세였다. 그러자 문상경은 서이동을 향해 소리쳤다.

"서이동이가 나를 때리면 기꺼이 맞을 수 있다. 그러나 너희들이 나를 이렇게 할 수 있나?"

서이동의 졸병이자 문상경의 졸병들은 제대하는 문상경을 거들떠보지도 않았다. 문 상경은 서이동을 붙잡고 울부짖었다.

"제대하면 꼭 편지할게."

탐조등 불빛이 머리위로 지나가면서 학섬을 뽑아놓을 듯 밝게 비춘다.

몰래

　시숙이 면회를 왔다. 비가 내린다.

　이동은 우산을 쓰고 학섬교회로 나갔다. 대보름 지난 들판에 검은 불 자국이 흩어져 있다. 논두렁 탄 자국이 글을 배우는 아이가 연필에 침을 묻혀 공책에 눌러 쓴 글자 같다.

　'면회 오지 말라고 오늘은 꼭 말해야지.'

　이동은 앞을 바라보며 다짐했다. 학섬교회의 십자가가 유난히 뾰족하다. 빗방울은 둑길 옆 바다에 자국을 남기지 못한다.

　이동은 시숙을 만나자 마자 오빠의 안부를 물었다. 오빠 이야기를 하는 시숙의 얼굴이 밝다. 반짝이는 시숙의 눈동자를 보고 이동은 눈을 감았다. 두 사람은 말없이 붙어 앉았다. 서로의 눈빛 속에서 참을 수 없는 정열의 온도를 느끼고 침을 삼킨다. 이동이 시숙의 두 팔을 붙잡았다. 시숙이 아픔을 느낄 만큼 힘껏 잡았다. 그러나 이동은 더 이상 시숙에게 다가오지 않고 고개를 숙였다. 시숙도 이동의 마음이 느껴진다. 자신의 가슴이 이동의 가슴보다 더 뜨겁다는 것도 알고 있다.

시숙이 오곡밥을 꺼내 차렸다.

밥에는 밤이 커다랗게 박혀있다. 이동은 나물무침도 좋아한다. 시숙이 조그만 병뚜껑을 열고 이동 앞에 놓았다. 귀밝이술이다. 술 향기가 그윽하고 진하다. 이동은 단번에 술을 들이켰다. 시숙이 미소를 머금고 바라본다. 이동의 얼굴이 붉어지고 숨이 가쁘다.

"시숙씨!"

이동이 시숙의 가슴에 머리를 대고 시숙의 손을 아프게 잡았다. 시숙의 심장박동보다 이동의 호흡이 훨씬 불규칙하다. 시숙은 말하지 않았다. 두 사람 간 정열의 인내보다 이성의 인내가 더 필요하다고 이동이 말하려는 것을 시숙은 알고 있다.

봄비가 내린다. 두 사람은 버스정류장에 섰다. 이동이 시숙의 어깨에 빗물이 떨어질까 봐 팔을 둘러 손으로 어깨를 감쌌다. 이동의 입김이 시숙의 목덜미를 간질인다. 시숙은 우산대를 꼭 잡았다. 빗줄기 사이로 보이는 학섬이 흔들리며 부풀어 오른다.

버스는 제시간보다 늦게 왔다. 이동은 버스 꽁무니가 사라진 뒤 한참동안 정류장에 서 있었다. 오늘도 말하지 못했다.

'결혼은 절대 안 돼.'

이동은 우산 밖으로 팔을 뻗어 손을 벌렸다. 손아귀에 붙잡히는 빗줄기는 없다. 이동은 초소만 바라보고 걸었다. 우산에 부딪치는 빗소리가 시끄럽다. 마을 구판장으로 가는 냇물이 그 사이 많이 불었다.

소대장은 첫집에 자주 들렀다. 첫집은 지대가 어른 키만큼 낮아 길에서 내려다보인다. 그래서 그런지 집안의 소리는 크게 퍼지지 않았다. 소대장은 오가다 들러 첫집 내외와 웃으며 이야기했다. 소대장의 강아지 같은 웃음소리는 길에 까지 잘 들렸다. 소대장이 마을 사람들과 어울리면서 초소에 폭력도 사라졌다.

비가 두어 번 내리더니 봄 냄새가 난다. 서이동은 교통호 너머로 갯벌을 보고 있었다. 바닷가에서 조개를 잡는 처녀들의 옷맵시가 봄꽃보다 더 눈을 황홀하게 한다.

"서 일경님, 서 일경님, 큰일 났습니다."

소대장 전령이 숨을 헐떡이며 서이동을 찾았다. 서이동이 교통호에 등을 기대며 전령을 바라봤다.

"무슨 일인데?"

전령의 표정이 웃는 것도 아니고 우는 것도 아니다.

"소대장님이 첫집 아주머니를 겁탈하려다가……."

서이동은 저절로 인상이 비뚤어졌다. 전령의 이야기를 더 듣지도 않고 서이동은 첫집으로 달렸다.

첫집 아저씨는 초소를 바라보고 서 있었다. 서이동이 첫집 아저씨를 불렀다.

"형님. 참으십시오."

서이동도 할 말이 없었지만 첫집 아저씨도 어떻게 할 도리가 없었다. 꿈쩍 않고 초소만 바라보고 있는 첫집 아저씨의 등을 밀어 서이동이 집으로 돌려보냈다. 집으로 들어가는 첫집 아저씨의 등에서 황소신음 같은 소리가 난다. 서이동은 몇 번이나 '형님 참으십시오'를 외쳤다.

소대장은 초소로 피신해 있었다. 서이동이 돌아오자 소대장은 헤헤거리며 나왔다.

"내가 아지매를 어떻게 한 것도 아니고 손목 한 번 잡았다고 사람을 잡아먹을라고 그래?"

설명 듣고 싶지도 않은 설명을 서이동은 들었다. 소대장이 첫집 아줌마에게 물 한잔을 부탁하고 물을 가져온 첫집 아줌마의 손목을 잡았더니 첫집 아줌마가 소리쳤다고 했다.

첫집 아저씨의 이야기는 달랐다. 소대장이 몸이 피곤하다고 하며 잠시 누웠다 가겠다고 해서 아줌마가 아랫방으로 안내하자 소대장이 본색을 드러냈다고 했다.

소대장은 그 날 밤부터 학촌 마을 산 너머 3분대에서 근무했다. 그리고 밤이 되면 서이동에게 전화했다.

"야 서이동. 너 임마. 마을 동향 알아봤어?"

서이동이 대답한다.

"예. 소대장님. 마을은 이상 없습니다."

서이동의 대답이 끝나기도 전에 소대장의 고함이 수화기를 울린다.

"야 임마. 니가 어떻게 마을에 이상이 있는지 없는지 알아. 첫집 아줌마가 치마 속에 칼을 숨기고 있는지. 니가 봤어?"

서이동의 대답이 없자 소대장이 더 큰 소리를 친다.

"지금 당장 가서 첫집 아줌마 치마 속에 칼이 있는가? 없는가? 확인하고 보고 해."

서이동은 힘차게 대답하고 전화기를 내려놨다. 그리고 첫집 입구까지 달려갔다가 소대장에게 보고했다.

"첫집 아줌마는 이상 없습니다."

소대장의 지시는 추가되었다.

"앞으로 보고할 때 첫집 아줌마가 자고 있는지, 똥을 싸고 있는지. 그런 것까지 상세하게 보고 해. 알겠어?"

서이동은 웃고 싶지도 않은 웃음을 웃으며 대답했다. 첫집 아저씨와 소대장과의 화해는 분대원의 노력으로 한 달 만에 이루어졌다. 이제 소대장은 낮에도 마을을 걸어 다닐 수 있게 되었다.

서이동은 술이 약하다. 많이 약하다. 소주 한 잔은 견딜 수 있으나 두 잔을 먹으면 취한다. 얼굴색이 폭발할 것 같이 붉게 변한다. 서이동은 주량을 높이기 위해 노력했다. 목표는 소주 한 병이다.

그 날 밤 조원은 방위병 진재규였다. 근무할 매복호는 초소에서 가장 먼 매복호다. 그 매복호는 바닷가로 갈 수 없다. 한길을 따라 돌아가야 한다. 이룡리 마을을 거쳐 간다. 아무리 서둘러도 일몰 십분 전에 매복호 도착은 무리다.

서이동과 진재규는 한길을 따라 어둠 속을 걸었다. 이룡리 못 미쳐 길가 상점에 잠시 쉬었다 가기로 두 사람은 눈이 맞았다. 상점에서 오른쪽으로 매복호 가는 바닷가 길이 보인다. 상점은 개울가 다리 옆에 자리했다. 마을에서 조금 떨어졌다.

진재규가 소주를 시켰다. 손님은 두 사람뿐이다. 안주는 마른쥐포 한 마리씩이다. 술은 간장병에 담겨져 나왔다. 서이동은 진재규가 주는 잔을 거절 않고 비웠다. 집집마다 저녁 설거지가 끝나고 안방에 모여 텔레비전을 켤 즈음 두 사람은 술자리를 마쳤다.

"오늘 내가 먹은 술이 얼마나 되지?"

서이동이 몸을 가누지도 못하면서 진재규에게 물었다. 은근히 자랑도 섞였다.

"소주 두 병은 되요."

서이동은 마을 다릿가에 앉았다. 숨이 가팠다. 매복호로 가는 길이 귀찮게 멀다. 서이동의 머리가 자꾸 아래로 숙여진다. 진재규의 갑작스런 고함에 서이동은 총을 들었다.

"서 일경님, 내가 이쪽으로 갈 테니 서일경은 저쪽으로 따라 가세요."

진재규가 가리키는 쪽으로 서이동은 몸을 돌렸다. 아가씨 두 명이 뛰어간다. 어두운 색 옷을 입은 아가씨를 진재규가 따라가고 밝은 색 옷을 입은 아가씨가 방향을 잡지 못하고 뒤처졌다.

서이동은 오른손으로 총을 당겨 잡고 왼손으로 탄띠와 대검을 쥐고 밝은 색 옷을 입은 아가씨 쪽으로 돌격했다. 허벅지에 묶은 조명탄이 달리기에 거추장스럽다. 서이동은 아가씨를 붙잡았다. 아가씨는 힐끔거리며 웃었고 입을 놀렸지만 서이농의 귀에는 전달되지 않았다. 진재규는 어디로 갔는지 보이지 않는다.

서이동은 아가씨를 이끌고 다리 아래로 갔다.

아가씨가 다리 아래로 도망갔는지 정확하게 기억이 없다. 어쨌든 다리 아래에서 두 사람은 나란히 앉았다. 아가씨의 분 냄새가 서이동의 콧속으로 가득 흐른다. 서이동은 아가씨를 안아 뉘었다. 아가씨는 아무 말이 없다. 다리 받침대의 돌이 차갑지 않다.

서이동은 일어서서 철모를 벗고 그 옆에 총을 가지런히 눕혔다. 개울물은 서이동을 위하여 가늘게 흘렀다. 다리 아래에 한낮의 열기가 남아 생각보다 포근하다. 서이동은 심호흡을 한 뒤 고개를 돌려 웃음을 관리했다. 조금만 있으면 한낮의 열기를 다리 아래에 다시 불러일으킬 수 있다.

서이동은 탄띠를 풀어 대검과 각지지 않게 정리해서 철모 아래 놓았다. 다음은 조명탄을 끌러 조심스럽게 개머리판 안쪽에 눕혔다. 이제 야전잠바만 벗으면 된다. 서이동이 허리띠를 잡고 무릎 꿇을 위치를 확인하기 위해 아래를 내려다 봤다. 어! 아가씨가 없다. 조금 전까지 돌침대에 누워있던 아가씨가 사라졌다. 서이동은 머리가 아프고 속이 울렁거렸다.

서이동은 다리 아래에서 실시했던 관물 정리한 달밤군대 보급품을 다시 착용했다. 다리 위에서 진재규의 목소리가 다급하다.

"서 일경님. 서 일경님. 어디 있어요?"

두 사람은 다릿가에 다시 앉았다. 서이동을 바라보며 진재규가 묻는다.

"했어요? 그 여자는 유부녀인데."

서이동은 대답하지 않았다. 매복호로 가는 바닷가 산길의 달빛이 처량하고 지난 순간이 억울하다.

다리 아래에서 혼자 관물정리를 한 날밤 이후 진재규와 함께 근무하는 매복호에 한 남자가 찾아왔다. 서이동은 모르는 사람이다. 진재규가 매복호 옥상에서 뛰어내려 그 남자와 대화한다. 소곤거리던 진재규의 목소리가 갑자기 소나무 사이에서 튀어나온다.

"야, 이 새끼야 그래, 했으면 어쩌란 말이고?"

서이동은 육감적으로 그 남자가 자신과 관계가 있음을 느꼈다. 진재규는 그 남자가 누구인지 서이동에게 말하지 않았다.

그 남자는 몇 번 더 진재규와 서이동이 근무하는 매복호를 찾아왔다. 그 때마다 진재규가 뛰어나가 소리쳤다.

"그래 임마. 했으면 니가 어쩌겠단 말이고?"

진재규가 말하지 않았지만 서이동은 그 남자가 누구인지 알게 되었다. 그 남자는 서이동이 다리 아래의 돌침대에 눕혔던 그 여자의 남편이었다. 그 여자의 나이는 열아홉 살. 남편은 스물 한 살의 부부였다.

계절이 두어 번 바뀐 후 그 부부는 쌍둥이를 낳았고 그 이야기는 조합장 박명자에게 들었다. 또 한 계절이 흐른 뒤 서이동은 박명자에게 쌍둥이 아빠가 자신을 집으로 초대한다는 말을 전달받았다. 서이동은 거절했다. 쓸데없는 소문에 휩싸이고 싶지 않았고 또 초대하는 영문도 몰랐다. 그러나 쌍둥이 아빠의 초청은 몇 번 더 적극적으로 서이동에게 전달되었고 서이동은 그 이유를 그 해 겨울에 알았다. 쌍둥이 아빠가 지역 방위병으로 편성되어 학섬초소에 배치되었다는 것이다. 서이동은 내무반에서 신고식을 치르는 쌍둥이 아빠를 처음 보았다. 웃음은 쌍둥이 아빠가 먼저 보냈다.

소대장이 마을을 지나다닌 지 일주일만이다. 마을 확성기에서 음악소리가 쏟아지고 사람들의 함성도 들린다. 마을 어르신의 칠순잔치란다. 소대장도 초대되었다.

소대장 없는 초소의 오후는 파도 없는 바다다. 서이동은 햇볕에 나와 바다를 바라봤다. 파도와 파도를 헤치고 다니는 배들이 시야를 즐겁게 한다. 탐조실 아래 어장막의 배가 큰소리를 내며 어장막으로 들어온다. 그 집 큰딸 이름은 풍년이다. 뒷모습이 멋지다. 서이동은 배의 엔진소리만 들어도 누구네 배인지 다 안다. 마을의 동력선은 모두 여섯 척이다.

소대장을 기다리다 평소보다 늦게 점호를 준비한 대원들이 내무반에 모였다. 서이동도 탄띠와 총을 챙겼다. 그 때 다급한 발걸음 소리가 들리고 소대장 전령이 소리를 질렀다.

"소대장님이 전부 소대장실로 집합하랍니다."

대원들은 소대장실로 모였다. 소대장실은 열 사람이 들어갈 만큼 크지 않다. 서이동이 안쪽에 걸터앉고 전령과 차석이 입구에 서고 나머지는 문밖에 섰다. 소대장은 옆모습을 보이며 훌쩍이고 있었다. 서이동은 본능적으로 짜증이 났다. 소대장은 얼굴을 손으로 감싸고 눈물을 훔치며 서이동을 향하여 말했다.

"집안으로 치자면 내가 너희들의 아버지나 마찬가지인 사람인데."

말을 끊은 소대장은 흑흑 소리를 내며 울었다. 그러다 서이동을 쳐다보며 입을 열었다.

"내가 오늘 동네 사람들에게 수모를 당했다. 너희들이 가만있어 되겠나?"

소대장의 울음소리는 더 커지고 대원들은 할 말을 잃었다.

"내가 억울해 죽겠다."

고함을 친 소대장은 손가락으로 가리키듯 서이동을 빤히 보며 눈물을 손으로 훔쳤다. 집합은 경례 없이 끝났다. 서이동은 전령을 불렀다. 전령이 피식피식 웃는다.

오늘 잔치는 어촌계장 어머니의 칠순잔치였다.

피로연은 마을회관에서 열렸다. 소대장은 어촌계장과 나란히 앉았다. 술이 두어 순배 돌면서 소대장의 입이 자주 벌어졌다. 이런 저런 대화 끝에 소대장의 말 한마디에 어촌계장이 벌떡 일어나 소대장의 얼굴을 쥐어박았다. 소대장은 쥐새끼처럼 뛰어나갔고 화가 난 어촌계장이 접시에 있는 떡을 집어 소대장에게 던졌다. 급하게 도망가던 소대장은 문턱에 걸려 넘어졌다. 어촌계장의 고함에 마을 사람들도 함께 일어섰다.

"저 나쁜 놈. 저런 놈이 경찰이라고. 저런 나쁜 놈은 죽어도 싸다."

소대장의 나쁜 소문을 듣고 언젠가 본때를 보여줘야지 생각하던 마을 사람들이 자연스럽게 소대장의 앞길을 막았다.

어촌계장은 경찰복을 보고 더욱 화가 치밀었다. 자기 막내딸이 강상경과 연애하여 올 봄에 결혼까지 계획했는데 강상경은 소식도 없이 도망쳤다. 어촌계장은 생각할수록 화가 치밀었다.

"이 나쁜 놈. 저런 놈이 경찰이라고. 너 같은 놈은 맞아 죽어도 싸."

어촌계장은 신을 들고 도망가는 소대장을 향해서 손에 잡히는 데로 물건을 집어던졌다. 마을 사람들도 합세했다. 구판장 앞까지 달려 나온 마을 사람들이 돌멩이를 주워 소대장에게 던 졌다. 적군의 우세한 화력 속에서도 소대장은 치명상 없이 쥐 새끼처럼 잘 빠져나왔다.

피식 피식 웃으며 이야기하는 전령에게 서이동이 잘라 물 었다.

"소대장이 뭐라고 말했기에 몰매를 맞았노?"

전령이 얼굴을 옆으로 돌리며 웃음을 감추지 못하고 대답 했다.

"할매 물건은 쓸 데가 없다고 말했답니다."

서이동은 천장을 올려다봤다. 일 년 넘게 지게질하며 쌓은 시멘트 구조물이다. 시멘트 천장이 앞으로 기울어진다. 함께 작업하던 대원들과 방위병들의 힘쓰는 소리가 들린다. 서이동 의 이빨 사이로 신음이 새어나왔다. 지게질 한 번 안 한 소대장 의 쥐새끼 같은 얼굴이 자신을 보고 웃는다.

이튿날 저녁 점호를 마친 대원들을 데리고 서이동은 어촌계 장 집으로 향했다. 단독군장을 한 대원 일곱 명이다. 초소와 탐 조실에 근무자 한 명씩을 제외한 전 병력이다. 초소는 분대장 을 대행 근무토록 했다. 초소에서 마을로 들어가는 대원들의 발걸음과 함께 어둠도 따라왔다.

어촌계장집 마당에 총칼로 무장한 군인들이 일렬로 섰다. 어촌계장은 막 저녁을 먹고 안방에서 텔레비전을 보고 있던 중이다. 구경하러 온 동네사람들이 마당까지 들어왔다. 꼬마들이 맨 앞줄에서 두리번거리며 눈빛을 밝힌다. 어촌계장이 손님을 위하여 처마 밑의 큰 전등에 불을 붙였다.

서이동이 나서기 전에 어촌계장이 먼저 감정을 드러냈다. 어촌계장은 마당에 내려서지 못하고 마루를 오가며 불안감을 드러냈다. 연신 파자마 허리춤을 손으로 올렸다 내렸다 하며 말끝을 잇지 못했다.

"내가 나이로 지면 너희들 아버지뻘이 되는데. 이럴 수가……."

어촌계장은 서이동의 눈치를 살폈다. 서이동도 특별히 할 말이 없다. 구경 나온 동네사람 중에서 한 사람도 중재하러 나서지 않는다. 서이동은 어촌계장이 먼저 포문을 열기 바랐다. 그러나 어촌계장은 자리에 서 있지 못하고 계속 움직이면서 같은 말을 했다.

"아버지 같은 사람에게 이럴 수가……."

어촌계장의 두려움은 서이동에게는 부끄러움까지 몰고 왔다. 서이동이 어촌계장을 불러 세웠다.

"어촌계장님. 다른 말은 필요 없고 소대장님에게 사과하십시오."

서이동의 요구에 어촌계장이 움직임을 멈추었다. 어촌계장의 다음 말을 기다리지 않고 서이동은 대원들을 되돌렸다.

돌담길을 빠져나가는 서이동의 뒤통수에 전등불빛이 따라붙

는다. 길을 터주는 꼬마들이 총을 멘 달밤군인아저씨들을 우
러러 본다.

통일약국

마지막 휴가다.

서이동은 외출복을 입고 군화를 땅에 두어 번 튕겨 매무시를 했다. 제대가 두 달 남았다. 서이동은 웃으며 내무반을 둘러봤다. 밖에는 보슬비가 내린다.

이상운이 배를 잡고 허리를 구부리며 화장실로 가기위해 몸을 일으킨다. 벌써 네 번째다. 이상운이 고통을 호소한다. 새벽보다 더 심해졌다. 화장실로 가던 이상운이 쓰러졌다. 달려 나간 신우식이 소리를 지른다.

"아이구. 냄새."

신우식의 목소리가 다급하다. 신우식의 위 기수대원이 내무반 밖으로 나간다. 밖으로 나간 대원이 소리쳤다.

"에구- 이거- 쌩똥을 다 쌌네."

이상운이 쓰러져 데굴데굴 구른다. 땅바닥은 보슬비에 미끄럽다. 이상운은 구토까지 해댔다. 똥을 싼 이상운의 옷은 신우식이 갈아입혔다. 그래도 이상운의 몸에서 똥냄새가 우러나온다.

"서 일경님. 이 일경님. 병원에 가야겠습니다."

신우식과 위 기수대원이 코를 막고 애절한 눈빛으로 서이동을 바라본다. 서이동은 오늘부터 휴가다. 이상운을 병원에 데려가야 할 의무가 없다. 이상운은 복통에 허리를 펴지도 못한다. 서이동이 잠시 이상운을 바라보다 손짓을 했다. 이상운 옆에 있던 두 대원이 밝게 웃는다.

서이동은 이상운을 부축했다. 이상운의 몸에서 똥냄새와 새 옷 냄새가 함께 난다. 이상운은 서이동의 부축을 뿌리치며 천천히 걸었다. 걸음걸이가 불안하다.

초소를 벗어나 첫집 옆 황톳길이 제법 미끄럽다. 이상운이 배를 잡고 걸음을 멈추었다. 통증이 심한 지 신음하며 눈물, 콧물을 흘렸다. 서이동이 부축하려하자 이상운이 신경질적인 반응을 보인다. 첫집 맞은 편 길가 키 큰 소나무와 키 작은 소나무가 나란히 비를 맞고 섰다.

걸음을 시작한 이상운에게 조심스럽게 서이동이 우산을 받쳤다. 이상운이 몇 걸음 떼더니 통증을 호소하며 꼿꼿하게 서서 허공을 바라보다 나무둥치가 넘어가듯 앞으로 쓰러졌다. 이상운은 일어나지 못했다. 서이동이 이상운을 일으키자 이상운의 이마에서 피가 흐른다. 넘어지면서 이마가 돌부리에 부딪친 것이다.

　이상운은 정신이 없었다. 신체의 구멍에서 나오는 액체 또는 반고체를 조절하기 힘들었다. 게다가 이마에 난 새로운 구멍은 또 붉은 액체와 통증을 첨가했다. 서이동은 손수건으로 이상운의 이마상처를 막았다. 서이동이 이상운의 팔을 당겨 어깨에 걸치고 걸음을 재촉했다. 이상운도 서이동에게 몸을 기댔다.

　삼천포로 가든 고성읍으로 가든 먼저 오는 버스를 타기로 서이동은 마음먹었다. 이상운은 박제된 사람처럼 허공만 바라본다.

　"뭘 먹었었어요?"

　고성읍 시외버스주차장에서 바로 보이는 건물의 병원 이층 진료실이다. 이상운이 엎드려 힘겹게 대답한다.

　"어제 호레기 회와 막걸리를……."

　의사가 이상운의 항문을 진찰하더니 설명했다.

　"급성대장염이야."

　서이동을 쳐다 본 의사가 세면대쪽으로 가면서 말했다.

　"서로 상극인 음식이 있어. 봄이 되면 이런 환자가 많아."

　이상운에게 링거액 주사를 처방한 의사는 서이동에게 너무 걱정하지 말라고 당부했다. 링거액을 꼽고 누운 이상운이 겸연쩍은 미소를 지으며 서이동을 바라본다.

　이상운이 어제는 기분이 좋았다. 호레기와 막걸리는 초소 근

처 어장막에서 가져왔다. 사월 첫 어장 때 잡힌 생선은 주위 사
람들에게 나누어 준다. 초소에는 생선이 둥근 바구니 채로 온
다. 이상운은 막걸리를 좋아했다. 이상운이 살만 한지 서이동
을 보고 먼저 가라고 한다.

　서이동의 집은 남해읍이다. 삼천포에서는 창선으로 가는 도
선을 타면 바로 갈 수 있다. 창선으로 가는 선착장은 통일약국
에서 서쪽으로 더 가야한다. 서이동은 신수도 가는 선착장이
보이는 길가에 섰다. 통일약국 건너편이다. 통일약국 출입구에
는 봄볕과 해풍이 모여 눈부시다. 서이동은 한동안 통일약국을
오가는 사람들을 살펴봤다.

　창선과 삼천포를 오가는 도선은 하루에 열 차례나 운항한다.
서이동은 화물칸에 실린 자동차 옆을 지나 도선의 이층으로 올
랐다. 도선의 받침다리가 쇠줄에 감겨 반 수직으로 세워진다.
뒤돌아서는 도선이 창선도를 향해 고동을 울린다. 봄 햇살에
울렁이는 바닷물이 손에 닿을 듯 가깝다. 오른쪽에는 늑도, 초
양 마을이 손을 흔들고 왼쪽의 신수도는 토라졌다.

　서이동은 크게 숨을 들이켰다. 도선이 만드는 물결에 무인
도가 다가온다. 흙을 부어놓은 듯한 무인도에 소나무 한 그루
가 어린아이 키만큼 자랐다. 작년 가을에는 코스모스 한 송이
가 피어있었다. 시숙의 웃는 모습처럼 예뻤다. 서이동은 가슴
을 펴고 눈을 들었다. 한려수도의 물결이 꿈길 같다.

어머니의 눈치가 보여도 역시 집만 한 보금자리는 없다.

서이동은 이틀을 누워 뒹굴다가 사흘째 새벽 첫차로 부산에 갔다. 시숙이 말한 오빠의 행동을 확인하기 위해서다. 시숙은 오빠가 일 년에 한 번 연말연시에 부산에 간다고 했다.

서이동은 '부영극장'에서 내려 극장골목을 지나 광복동으로 들어섰다. 천천히 간판을 보면서 국제시장 쪽으로 걸었다.

-동양약국과 동양 이화학상사-

시숙이 말한 사무실이름이다. 서이동은 국제시장 입구 길 건너편에서 간판을 찾았다. 두 사무실이 같은 건물이다.

서이동은 동양이화학상사에 들어갔다. 이층 계단 옆에는 화공약품이 진열되어 있다. 사무실은 바깥에서 보기보다 넓었다. 서이동은 기웃거리며 실험기구가 있는 쪽으로 걸었다. 실험기구가 나열된 사이를 따라 안쪽으로 들어갔다.

"전기전도도계 있습니까?"

전기전도도계는 용액측정의 기본적 기구다. 서이동은 책상에 눈을 붙이고 서류를 만지는 젊은 직원에게 물었다. 젊은 직원이 서이동의 물음에 고개를 들고 손짓을 한다.

"저- 안쪽으로 가서 물어보십시오."

서이동은 젊은 직원이 가리키는 곳으로 갔다. 그곳에는 실험기구로 둘러싸여있다. 실험기구 한가운데 책상에 앉은 사람은 하얀 셔츠를 입고 안경을 썼다. 오십은 되어 보이는 퉁퉁한 몸집의 사내는 전화를 놓지 못한다. 서이동이 다가가자 그 사내는 통화도중 수화기를 턱에 걸치고 물었다.

"뭐가 필요해요?"

서이동이 얼른 답했다.

"일본제 전기전도도계를 구입할 수 있는지 알고 싶어 왔습니다."

서이동의 답변에 그 사내는 부드러운 말투를 보냈다.

"얼마짜리를?"

서이동이 어깨를 펴며 조금 높은 소리로 말했다.

"삼십만 원 정도 하는 것으로……."

그 사내는 수화기를 내려놓지도 않고 물었다.

"언제 쓸 거요?"

서이동은 선뜻 대답을 못했다. 서이동이 망설이는 것도 아랑곳하지 않고 그 사내가 설명했다.

"물건이 있으면 내일 밤에 도착할 수 있고, 물건이 없으면 며칠 걸려요."

대답한 사내는 표정의 변화도 없이 말했다. 서이동은 신기한 눈빛으로 다시 물었다.

"그렇게 빨리 구할 수 있단 말입니까?"

그 사내는 대수롭잖게 답했다.

"일본에만 전문으로 다니는 사람이 있어요."

서이동은 놀랐다.

다른 나라인 일본을 하루 만에 왔다 갔다 하다니 선뜻 다음 말이 나오지 않았다. 서이동이 머뭇거리는 태도에 그 사내는 수화기를 내려놓고 명함을 건넸다.

"필요하면 언제든지 연락해요."

서이동은 밝게 인사하고 바깥으로 나왔다. 대낮의 광복동 거리가 네온사인 켜진 밤보다 더 빛난다.

서이동은 부영극장 반대편에서 시외버스 주차장으로 가는 버스를 기다렸다. 건물 높이 걸린 영화 포스터가 마음을 설레게 한다.

-태종대, 태종대 타세요.-

버스 안내양의 목소리가 여배우의 대사처럼 귀를 움직인다.

-태종대, 태종대 가요.-

버스 벽을 두드리는 아가씨의 모습에 서이동의 눈길이 확장되었다.

-탕 탕 오라이-

정교하고 경쾌한 목소리. 서이동은 고개를 번쩍 들었다. 이옥자다. 가수가 되겠다고 부산으로 유학 간 학촌의 이옥자다. 보름달빛 속에서 Sorry I am a Lady를 외친 이옥자가 버스 벽을 치면서 노래하고 있다.

-All Right, All Right-

높다란 극장에 커다란 포스터 속의 여배우가 남자 품에서 키스를 기다리며 눈을 감았다.

제대가 한 달 보름 남았다.

서이동은 정상복무기간 보다 두 달 먼저 제대한다. 대학 때 군사교육훈련을 받았기 때문이다. 1년에 2개월씩, 3년에 6개월까지 면제 받을 수 있다. 그러나 한 학기는 면제가 안 된다. 서이동은 공과대학 2학년 일 학기를 마치고 입대했다.

제대 한 달을 남기고 예비군복을 받았지만 서이동은 상경 진급에는 실패했다. 전역 대상 서류를 작성하면 진급에서 제외된다는 규정 때문이다. 동기들은 보기 좋게 작대기 세 개를 가슴에 매달았다.

전망초에서 서이동은 근무일지를 훑어봤다. 거제 앞 바다에서 우리 군함과 간첩선이 충돌했다는 전통문이 적혀있다. 서이동은 고개를 끄덕였다. 바다는 넓다. 밤에는 더욱 넓다. 서이동의 뇌리에 사라지지 않는 기억이 살아난다.

-대구동 초소 앞의 류시국이 강인종과 젊은 여인을 마주 선 모습-

마루 끝에 앉아 아들의 영혼결혼식을 말하는 이명수 어머니의 표정이 파도에 밀려온다.

일없이 대우받는 것이 부끄럽다. 서이동은 관물대의 예비군복을 꺼냈다. 예비군복의 무늬가 개구리 색깔이다. 알 수 없는 미래의 수풀 같다.

서이동의 제대 산따이는 박명자 집 아래채에서 이루어졌다.

옆 동네 처녀들도 참석했다. 서이동은 강복길을 향하여 노래 했다.

'행여나 날 찾아 왔다가 못 보고 가더라도 옛정에 매이지 말고 말없이 돌아가 주오'라는 가사의 유행가를 불렀다. 강복길도 얼굴을 붉히며 노래했다. 서이동에게 사랑의 정열이 담긴 노래를 열창했다. 서이동은 마음이 무거웠다.

박명자의 노래가 끝나고 모두 박수를 치며 즐거워할 때 술 취한 옆 동네 처녀가 혀 꼬부라진 소리를 했다.

"내가 서이동이랑 꼭 한번 사랑을 나누고 싶었는데."

옆 동네 처녀가 몸을 일으켜 서이동에게로 향하다 넘어졌다. 처녀는 술에 취했다. 몸을 일으키며 서이동을 잡을 듯 팔을 뻗었다.

"오늘 드디어 만났구나. 서이동이 너. 나 좀 보자."

옆 동네 처녀는 인근 초등학교 교감 딸이다. 부산에서 고등학교를 다니다 중퇴했다고 한다. 방 안의 참석자들은 교감 딸의 거침없는 행동에 놀랐다. 술을 마셨는데도 얼굴이 하얗게 변한 교감 딸의 모습에 산따이 분위기는 식어버렸다. 박명자의 고함에 부축 받으며 집으로 돌아가는 교감 딸의 술주정에 산따이는 저절로 끝났다. 서이동은 교감 딸을 버스 정류장에서 딱 한번 보았다.

서이동에게 새로운 일이 생겼다.

소대장이 틈만 나면 바둑판을 차려놓고 서이동을 불렀다. 복숭아 통조림 내기다. 두 사람 다 십 급은 겨우 넘은 수준이다. 초반에는 소대장이 우세하다. 그러나 실수가 생기면 자책하고 흥분한다. 소대장은 일어섰다 앉았다를 반복하며 자신의 바둑 해설과 불만을 곱씹는다. 이럴 때 서이동은 은근히 소대장을 협박했다.

"자꾸 그런 말하면 다음에는 바둑 안 둘 겁니다."

소대장은 서이동의 말에 짜증을 낸다.

"니 보고 하는 말이 아니고 나한테 하는 말인데 니가 시비하냐?"

서이동도 조건을 붙인다.

"불평해도 욕은 하면 안 됩니다."

소대장이 알았다고 하면서 바둑을 재촉한다. 서이동이 다시 돌을 놓는다. 마지막 대역전극에 소대장의 대마가 목숨을 잃자 쪼그려 앉았던 소대장이 바둑판을 엎으며 일어선다.

"에이 씨- 바둑 안 둬."

서이동이 뒷정리를 하고 소대장실 문밖에서 돌아서며 소리친다.

"내가 다시 바둑을 두면 사람새끼가 아니다."

소대장실이 조용하다. 이틀도 못가 소대장이 웃으면서 서이동을 부른다. 통조림을 사놓고 바둑판도 벌려 놨다.

학섬초소에서 마지막 밤이다.

서이동은 류시숙에게 편지를 썼다. 오랫동안 생각했던 단어들을 나열했다. 사랑보다 행복을. 자신보다는 더 나은 사람과의 결혼을. 만남보다 인연을 강조한 글을 봉투에 담았다. 강복길에게도 고마움과 행복이란 표현을 여러 번 썼다. 잠은 오지 않는다. 서이동은 밤새 파도 소리를 들었다. 편지는 이삼일 뒤에 도착할 것이다.

이튿날 오후. 서이동은 노산 초소로 갔다. 며칠 전 김태성에게 전화로 약속한 일이다. 소대장의 도움도 받았다. 왜 노산 초소에서 하룻밤을 보내는 것에 대해서는 누구에게도 정확하게 말하지 않았다.

서이동은 국방의 의무를 다한 마지막 날 자정이 지난 시간에 김태성과 마주 앉았다. 김태성은 초소 후반근무다. 서이동은 통일약국의 류시국에 대하여 이야기 했다. 김태성도 예전에 몇 번 들었다. 서이동의 결심을 듣고 난 김태성이 양손을 칼날처럼 만들어 휘두르며 반대했다. 서이동이 말없이 바라보는 사이로 뱃고동이 길게 지나간다.

"그런 사람은 심판을 받아야 해."

서이동의 결심에 김태성이 구강에서 거친 바람을 일으키며 일어섰다 앉았다를 반복한다.

"그렇다고 서 일경님이 그런 일을 해야 된다는 이유가 있습니까?"

서이동은 대답 없이 고개를 들어 바다를 바라봤다. 육지의 불빛이 바다에서 길게 흔들린다. 김태성은 서이동의 고집이 양심의 힘인지 교육의 힘인지 알 수 없었다. 목섬 앞 등대에 안개가 감긴다.

새벽이다.

서이동이 3년 동안 머릿속에서 그려왔던 시간이다. 서이동은 키 큰 소나무 아래로 갔다. 선착장 앞바다는 아직 검은 색이다. 소나무 위로 넘어가는 초승달이 시숙의 눈동자 같다. 김태성은 전망초에서 바다만 바라보고 있다.

서이동은 통일약국을 향해 카-빈총에 실탄을 장전했다. 탄알은 두 발이다. 서이동은 소나무 덩치에 몸을 기댔다. '오빠는 아침 일찍 바닷가에 나온다.'고 그랬다. 서이동의 호흡이 거칠다. 거친 호흡이 소나무에 부딪쳐 되돌아온다. 여명이 시작되기도 전에 통일약국의 문이 열렸다. 약국의 전등은 켜지 않았다. 류시국이 문을 닫고 주위를 둘러본다. 그리고 기지개를 켜고 선착장으로 향한다. 시숙이 알려준 대로다.

서이동은 손이 떨렸다. 냉동 창고에 목표물이 가리기전에 사격해야 한다. 류시국이 주먹을 쥐고 달리기 자세를 취한다. 서이동은 호흡을 조절할 수 없었다. 목에서 피부가 맞닿는 소리가 난다. 서이동은 소나무에 어깨를 더욱 밀착시켰다.

-탕-

M-1 총소리보다 작았지만 카-빈 총소리도 새벽을 깨뜨리기에는 충분했다. 총소리의 여음이 냉동 창고를 돌아 선착장으로 퍼져 나간다. 류시국이 재빨리 통일약국으로 되돌아간다. 서이동도 총신을 조절했다. 류시국이 통일약국의 출입문을 잡는 순간 방아쇠를 당겼다.

"쥐새끼 같은 놈!"

서이동은 눈을 감았다. 자신의 목숨은 이제 자신의 것이 아니다. 통일약국에서 유리 깨지는 소리가 날카롭게 파도에 얹힌다. 키 큰 소나무는 흔들림도 없다. 서이동은 아래를 내려다봤다. 류시국은 보이지 않고 통일약국은 제자리에 그대로다.

마지막 산따이

미국대통령 지미 카터가 다녀간 후 나라가 많이 시끄러워졌다.

김태성은 초소 앞 바위에 앉았다. 다음 주에 부대가 대대로 이동한다. 삼천포 달밤중대가 대대에서 교육훈련 할 차례다. 노산공원 아래 냉동 창고 뒷담벼락에 장미꽃이 각개전투하듯 기어오른다. 김태성은 파도에 흔들리는 등대를 향하여 담배연기를 길게 내뱉었다.

대대는 고성 상리 산 속에 있다. 교육기간은 6개월이다. 김태성은 아침부터 경찰봉을 힘껏 쥐었다. 다중범죄예방을 위한 훈련이다. 경찰봉 체조가 끝나면 실전 예행연습이다. 제대가 석 달 남았다. 김태성은 전체 대원들과 함께 발 맞춰 구호를 불렀지만 재미가 없다. 성의 없는 구호를 내뱉었다.

-어-이-

연병장에 칠월의 땡볕이 누렇게 쏟아진다. 상경 김태성은 페퍼포그 차 아래 체포조에 편성되었다. 방패 없이 경찰봉만 허벅지에 매달았다. 졸병들은 방어벽을 쌓기 위해 방패를 밀착하고 연신 함성을 지른다.

-어잇 샤-. 어잇 샤-.-

"밀리면 죽어!"

2소대 부소대장이 소형 확성기로 악을 쓴다.

"어깨 더 붙이고, 발 더 크게 굴려."

대원들이 다시 방어벽을 만들고 발을 구른다.

-어잇 샤-. 어잇 샤-.-

고무 보호복과 철망모자 아래로 땀이 쌓인다. 방어벽 구축이 마음에 들지 않은 지 3소대장이 봉창 터지는 소리를 냈다.

"너무 느슨해. 다시 해."

2소대 부소대장이 3소대 소대장을 바라보다 대원들을 향해 악을 쓴다.

"중대 앞으롯."

대원들의 얼굴이 장밋빛이다. 소나기 맞은 장미꽃이다. 웅성거리던 대원들이 다시 발을 맞추어 전진한다.

-착, 착-

-착, 착-

연병장에는 고무보호대를 찬 군화 구르는 소리만 들린다. 방어대열이 마음에 드는지 3소대장의 구강구조가 늘어난다. 김

238

태성은 미안한 마음으로 졸병들을 보며 경찰봉을 꽉 잡았다.

"페퍼포그 발사."

그 다음은 체포조의 행동이다. 페퍼포그가 발사되고 방어벽이 다중범죄자들의 중심부로 돌출될 때 체포조가 운영된다. 김태성은 소리 지르며 앞으로 달렸다.

-와-아-

상경 김태성을 비롯한 고참 대원 열 명의 훈련은 이것으로 끝이다. 페퍼포그 차 밑에서 졸병 대원들의 훈련을 지켜보다 인사치례의 고함 한 번 지르고 한 스무 발자국만 뛰면 된다. 방패를 들고 구호를 외치며 한 발자국씩 전진하는 졸병들을 보고 김태성의 콧잔등에 눈물 벽이 쌓인다. 김태성은 손가락을 세 개 꼽았다.

'팔. 구. 십.'

통일약국의 류시국은 죽지 않았다.

서이동은 전역식을 준비하던 중대본부에서 체포되어 삼천포 경찰서로 압송되었다. 서이동은 심판관들에게 차분하고 분명하게 설명했다. 류시국을 처음 본 순간부터 강인종의 이름으로 보낸 편지까지 거침없이 진술했다. 심판관들은 아무 말도 하지 않았다.

사흘 뒤 서이동은 일계급 강등과 영창 삼십일이 내려졌다. 서이동은 눈을 감았다. 유치장 창살에 기도하는 시숙의 얼굴이 걸린다.

한 달 후 서이동은 가슴을 철렁이게 하는 철문 여는 소리를 듣고 일어섰다. 석방이다. 예비군복과 병역수첩을 되돌려 받았다. 병역 수첩 계급란에 일병이란 글귀에 두 줄이 그어졌고 그 위에 이병이란 글귀가 쓰였으며 다시 그 옆에 이경이 파랗게 찍혀 있다.

서이동은 경찰서 마당에 섰다.

햇빛이 너무 눈부시다. 서이동의 눈동자가 태양의 강렬함에 적응하여 제 기능을 찾았을 때 시야를 채운 것은 시숙이었다. 시숙은 도시락을 들었다. 서이동은 웃음도 울음도 아닌 표정을 만들며 경찰서 계단을 내려왔다. 시숙이 뒤를 따른다. 서이동은 흔들리듯 걸었다. 뒤돌아보지 않고 걸었다. 시숙의 숨소리가 서이동의 가슴을 울린다.

이동과 시숙은 닿을 듯 말 듯한 거리를 유지하며 노산공원까지 걸었다. 이동이 키 큰 소나무 아래에서 뒤돌아섰다. 도시락을 내밀고 미소를 짓는 시숙을 보고 이동은 울고 말았다. 공원 아래 통일약국의 간판이 보인다.

"오빠는 부산으로 이사 갔어."

시숙은 바다를 바라봤다. 신수도 가는 선착장에 나룻배가 손님들을 쏟아낸다. 신수도 선착장에서 한 뼘이나 떨어진 바다에 남해창선도로 가는 도선이 기다란 물보라를 일으킨다. 이동은 키 큰 소나무에 기대어서서 수평선을 바라보고 시숙은 하늘을 보고 앉았다. 이동은 시숙의 가슴을 끌어안지 않았다. 하늘을 향해 꿈틀대는 키 큰 소나무 아래 시숙은 혼자 남았다. 한려수도에 석양이 흘러내린다.

학생들의 데모가 갈수록 격렬해진다.

오늘은 삼천포 달밤중대가 추가되어 부산대학교 정문에서 방어막을 만들었다. 김태성은 방패 없이 뒷줄 지원조에 편성되었다. 대원들의 속옷은 두려움으로 젖었다. 김태성은 허벅지에 매달린 경찰봉을 거머쥐었다. 방어막이 뚫려도 경찰봉으로 학생들을 공격해선 안 된다. 김태성은 손아귀에 땀이 솟았다. 구월도 반이 지났다.

서이동은 함성을 듣고 책을 덮었다. 복학 후 첫 중간고사를 대비하여 도서관에 앉았지만 두뇌의 회전은 3년 전보다 많이 느리다. 눈을 통과한 지식들이 머릿속으로 들어가지 않고 자꾸만 미끄러져 나간다.

서이동은 일어섰다. 확성기 소리에 이어지는 학생들의 함성이 훈련병들의 복창소리 같다. 복학 이후 계속된 함성이다. 도서관 내리막길에서 서이동은 걸음을 멈추었다. 교문 앞에서 학생들과 마주 선 달밤군 대원들이 신수도 대구동의 몽돌밭 해안선 같다. 달밤군 대원들의 철망모가 파도에 씻긴 바닷가 몽돌처럼 빛난다.

학생들의 함성이 가슴을 울린다. 서이동도 데모행렬의 뒷줄에 섰다. 허리를 숙여 화단가에서 달걀만한 돌멩이를 주워 손에 꼭 쥐었다. 길 가에 코스모스가 피었다. 스치는 옷자락에 코스모스가 흔들린다. 서이동은 길게 숨을 들이쉬었다. 코스모스 위로 학섬 바위에 부딪쳐 부서지는 파도처럼 비가 날린다.

김태성은 침을 꿀꺽 삼켰다. 교문 안에서 학생들의 구호가 터져 나온다. 대원들의 시선은 모두 한 방향이다. 말없는 방패만 보고 있다.

-와-.-

학생들의 스크럼이 생각보다 두껍다. 방패를 치켜든 대원들이 발을 굴린다.

-착, 착.-

-착, 착.-

학생들의 함성이 사방에서 쏟아진다. 김태성은 방패가 벌어지지 않도록 졸병들을 격려했다.

-퍽-

-텅-

학생들의 공격이 거칠다. 페퍼포그가 발사되고 대학 앞거리는 아수라장이 되었다. 서로 떨어지지 않으려고 대원들은 방패를 밀착하고 지원조는 양팔로 방패를 들지 않은 어깨들을 붙잡았다.

－어이－ 샤－

－어이－ 샤－

'밀리면 죽는다.' 김태성은 이를 악물고 졸병들을 붙들었다. 대원들의 숨소리에 가슴이 쓰리다. 김태성은 다리에 힘을 주었다. '이 달만 견디면 제대한다.'

－어잇 싸. 어잇 싸－

－와아－ 와아－

나아가려는 젊음과 막으려는 젊음이 충돌한다. 어느 한쪽은 무너져야 한다.

달밤군대원들의 방어막이 학생들에게 포위되어 공격목표를 잃었다. 최류탄 연기가 적과 아군을 구분 못하고 스며든다. 김태성이 막아섰던 왼쪽 골목의 방어선이 뚫렸다. 학생들의 몸과 주먹과 발이 방패 위로 넘어온다. 달밤군대원들에게 공격무기는 없다. 방패를 뺏기지 않으려고 대원들이 몸과 마음을 다 던진다.

"야이 새끼들아. 나도 대한민국 청년이다."

김태성이 고래고래 소리 질러도 들어 주는 사람은 아무도 없다. 김태성이 붙들었던 방패가 벗겨지고 수많은 발길질이 지나간다. 김태성은 끌려가듯 넘어졌다. 머리를 뒤흔드는 함성이 김태성의 눈 위로 지나가고 수많은 발길질에 김태성은 몸을 움직일 수 없었다. 살기위해 김태성은 몸을 오그리며 굴렀다.

-퍽-

어떤 젊음의 발길에 또 다른 젊음이 파괴됐다. 김태성은 배를 잡고 눈물을 흘렸다. 오늘은 비가 내린다.

시월이다.

김태성은 눈을 떴다. 하얀 침대 위다. 주위에도 침대가 놓여있다. 침대에는 동료들이 누워있다. 죽은 사람은 병실에 없다. 김태성은 엄지손가락을 꼼지락거렸다. 이제 제대할 날을 세지 않아도 된다. 어깨를 밀착하고 발을 굴리며 방패를 들지 않아도 된다.

-장 파열-

시월 하순까지 병원에 있어야 한다. 창문 밖에는 하늘이 푸르다. 눈물 나도록 맑다. 텔레비전은 최류탄과 함성으로 꽉 찼다. 나는 편안하다. 김태성은 고개를 떨구었다.

달밤군대 총사령관과 참모들은 산따이가 있었다.

김태성이 예비군복과 병역수첩을 받아들고 고향으로 돌아가는 날 밤이다. 장소는 총사령관 제2숙소다. 숙소 위치는 북한산 아래 궁정동이다. 아가씨들은 경호 참모가 데려왔다. 아가씨조합장은 없다.

산따이는 계획보다 일찍 시작됐다. 저녁밥 시간대다. 술이 한 순배 돌고 경호참모가 총사령관이 좋아하는 노래를 한 곡 뽑았다. 분위기 고무가다. 정보참모는 표정이 굳어있고 작전참모는 안경을 매만지며 표정관리를 한다.

다음 노래는 아가씨들 차례다. 첫 번째 아가씨가 젓가락을 두드리는 대신 기타를 들고 한 곡 뜯었다. 청승스런 음색에 반하여 총사령관이 첫 번째 아가씨를 잡아 당겼다. 다음은 총사령관 차례다. 총사령관이 헛기침을 하며 주위를 둘러보다 목청을 가다듬었다. 참모들은 많이 들어 본 노래다. 두 번째 아가씨가 일어섰다. 총사령관이 앉아서 불러도 된다고 했지만 두 번째 아가씨는 일어서서 노래를 불렀다. 총사령관은 두 번째 아가씨의 노래에는 관심도 없다. 첫 번째 아가씨를 무릎에 앉히고 가슴을 헤집는다.

다음은 정보참모 차례다.

정보참모가 화장실이 급하다고 작전참모에게 먼저 한 곡 뽑으라면서 밖으로 뛰어나간다. 총사령관은 취기가 올랐다. 경호참모도 덩달아 신이 났다. 작전참모의 노래가 클래식하다. 성질 급한 경호참모가 작전참모의 노래가 끝나기도 전에 일어선다. 경호참모의 구강구조가 확장되고 음악이 흘러나왔다.

"전우의 시체를 넘고 넘어-."

경호참모의 18번, '전우야 잘 자라'다. 첫 번째 아가씨의 향기에 취해 있던 총사령관이 보지도 않고 잘한다며 손뼉을 친다. 세 번째 아가씨가 일어섰다. 구강구조를 조절하여 자신의 18번을 빼기 시작하는 순간 정보참모가 손을 훔치며 들어왔다. 경호참모가 버럭 고함을 쳤다.

"무슨 사람이 분위기도 모르고 날 뛰어."

정보참모가 머쓱해졌다. 정보참모는 경호참모보다 나이가 많이 많다. 갑자기 침묵이 들이닥친 방 안에 총사령관이 첫 번째 아가씨의 얼굴만 들여다보며 계속하라고 목청을 높인다.

정보참모가 노래 부를 차례다.

경호참모가 썩은 미소를 짓는다. 정보참모의 노래솜씨는 별로다. 여러 번 산따이를 해 봐서 경호참모는 알고 있다.

노래를 부르기 위해 정보참모가 일어섰다. 허리춤을 잡고 옷매무시를 하는가싶던 정보참모가 갑자기 소리를 질렀다.

"각하. 이런 산따이 기본규칙도 모르는 놈을 산따이에 불렀습니까?"

정보참모는 허리춤에서 권총을 꺼내어 경호참모를 사격했다. 평소의 감정을 뿌리치지 못해 한 발 더 대갈통에 쐈다. 총소리에 놀란 총사령관이 "왜 그래?" 하고 묻기도 전에 정보참모의 권총이 총사령관의 머리통에도 발사되었다.

"각하도 이제 변질 된 산따이는 그만 하십시오."

정보참모의 총격은 격렬했고 정확했다. 달밤군대 총사령관은 첫 번째 아가씨의 가슴에서 손도 떼지 못하고 목숨이 떨어졌다. 산따이는 끝났다.

246

이날 밤 총소리는 한려수도까지 들리지 않았다. 그러나 이듬해 달밤군대는 해산되었다.

달밤군대